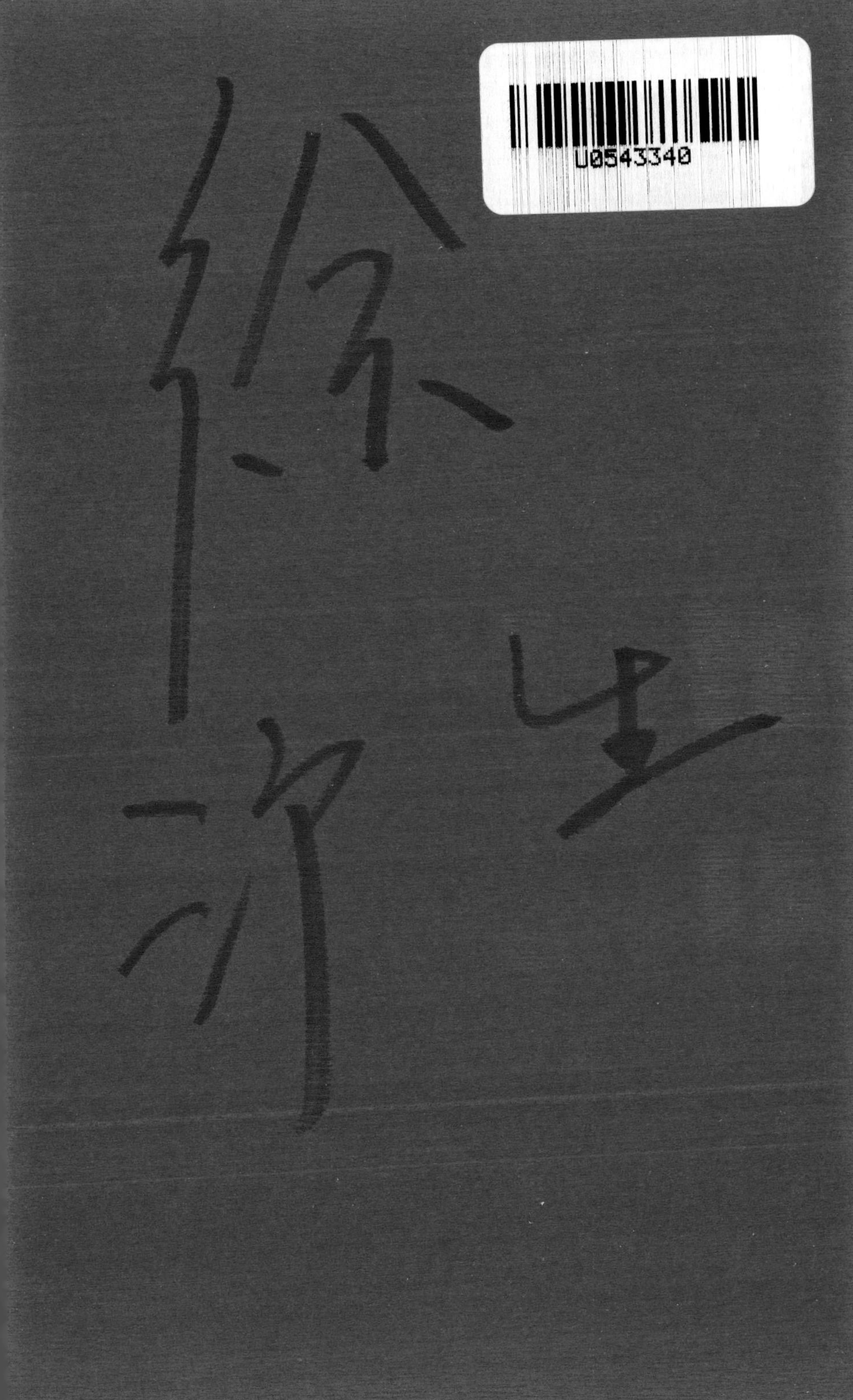
U0543340

不是所有故事都能皆大欢喜

徐沪生 著

上海社会科学院出版社
SHANGHAI ACADEMY OF SOCIAL SCIENCES PRESS

目　录

癌症和化疗，难道竟是美好人生的开始

没有谁的一辈子能一望即知、一成不变。人生是会变的，变好或变坏，得到或失去，背起或放下，谁都不能未卜先知。你以为人生未变，循规蹈矩，一马平川，只是未到那个时机。种子在破土发芽之前，没有任何迹象。一切都在黑暗中潜滋暗长。

2013 年 9 月之前，48 岁的惠姐以为她的人生就是这样。半辈子过去了，婚姻、家庭、子女、事业，凡事都成定局，无法改变。

二十年前，三十岁不到的惠姐和相亲认识的老公离婚。两人对簿公堂，各执一词，互不相让。最终撕破脸皮，恩断情绝，再无来往。此后惠姐只身北漂，来到偌大的北京城，从最底层做起，兢兢业业，节节高升。存下一笔数额不小的积蓄后，辞职创业，拉拢各处人际关系，投入整个身家创办了一家广告公司，打拼十多年，终于在北京的广告市场占有一席之地，成为大众眼里的成功人士，女企业家、女强人。

2012 年，惠姐的公司和一家跨国大公司战略合作，兼并到大公司旗下，计划三至五年内上市。这是她做了很多年的商业梦。终于能功德圆满，不留遗憾。

惠姐有一儿一女，当年老公外遇，抛家弃子，儿子四岁，女儿两岁，都跟着惠姐，一家老小也要她来养，压力很大。现在儿子工作了，在安徽老家做消防员，救过许多人的性命，惠姐很为他而骄傲。女儿在法国留学，成绩很好。儿女都有出息，为人母，再没有更欣慰的。

老人家也都健朗平安，爷爷 104 岁了，头发全白，但耳聪目明。奶奶 103 岁，耳朵不太好，有点聋，跟她说话要很大声嚷嚷，眼睛有点白内障，看不清，但精神很好。两个百岁老人由惠姐爸妈照顾，惠姐平时忙工作，只在逢年过节的时候回家探望，偶尔有空打个电话慰问。

身为公司老总，私人时间是不多的，常常出差、开会、谈业务。舟车劳顿，夜以继日，所有决策都等着她去做，所有合同都要她来签。

这些年熬过来，惠姐是极其要强的女人，骨子里对自己要求严格。她很拼，样样都得自己经手，不愿假手于人。

都快五十岁的人了，不年轻了，惠姐的身子骨大不如从前，却常常和一群刚毕业的大学生凑在一块，加班到凌晨两三点才回家。并非硬着头皮强迫自己，只是看小伙子小姑娘们年轻气盛，自己也跟着热血澎湃，激情洋溢，很有斗志。

公司盈利，挣那么多钱，也没时间花，总是忙到晚上夜深了，才叫个外卖胡乱吃了，一天一顿，一次性解决，继续开会。就算外出应酬，在大酒店里吃，一顿好几千元，甚至上万元，也是随便吃两口，喝酒比吃菜多。谈生意，免不了。

子女长大成人，各有生活，婚姻早就破灭，再无幻想，父母老辈能自己照顾自己，除了事业，惠姐没有别的精神寄托。所以很拼，简直不要命。

后来她很懊悔：从前太拼了，不爱惜身体，不注意休息，熬夜、吃很油腻的外卖、有一顿没一顿、暴饮暴食、喝酒，把身体搞垮。顶着一个公司，顶着全公司员工的未来，工作压力很大，有时大便出血也没当回事，忙着开会、谈生意。

直到2013年9月的一个礼拜六的早上，惠姐的人生发生重大转折。她正要赶飞机去深圳谈一笔生意，临出门前，腹痛不止。

有两个礼拜了。惠姐总觉得身上不舒服，没力气，没精神，犯困，头疼，开会时候注意力不集中，常常腹痛、便秘，连着好几天不上厕所，然后又腹泻不止、大便出血，不知道怎么了。

这回，腹泻出来全是血，马桶里一片浑浊的暗红色。惠姐吓坏了，打电话给助理，去医院挂号。

就在那天，在人潮拥挤、满是药味的医院走廊上，惠姐收到结肠癌第三期的确诊通知书。

晴天霹雳。

结肠癌？癌症？第三期？搞错病历了吧。怎么可能？应该只是肠胃炎之类的小问题，吃吃药就能好。怎么会是癌症呢？

医生很肯定地说：“确实是结肠癌。”

总以为癌症这种事，都是别人身上的，听说某某人患了癌症，亲戚的亲戚，然后没多久就死了。没想到有一天会轮到自己头上。哪会这么巧？下意识地想到死。一阵头晕目眩。

“会死吗？我还能活多久？第三期算不算晚期？”

呼吸急促。再没有更紧张的时候。没想过长生不老，但也不想匆匆短命。才 48 岁，没活够。公司还没上市呢。怎么能在这个节骨眼儿上卡壳？儿女还没成家，还没抱孙子，不甘心。

医生说：“尽早安排手术，还有机会。具体情况要等手术完了再观察。”

“那赶紧手术吧。”

工作自然是停掉了，医生说了，她不能有任何精神压力。但惠姐很乐观，斗志昂扬，因为听医生说话的口气，手术成功的概率很大，应该过不了多久，她又能回公司正常上班。就当给自己放个小假吧，就当是人生中的一段小小波折。连早年婚姻破灭这种大波折都过来了，还怕癌症这种小魔鬼吗？毫无畏惧。就当以后公司上市了，财经记者来采访她，能多说点坎坷、励志的经历，作为对普罗大众的激励。

公司员工们看惠姐一点负面情绪也没有，反而满脸笑容，像要出去度假似的，纷纷表示：“等惠姐身体好了，带领大家继续干，把公司上市！惠姐加油！”

10 月 18 日，医生给惠姐安排了肿瘤切除手术。

手术前，惠姐这么些年来第一次掉眼泪。倒不是怕死。一个人在北京闯荡这么多年，从默默无名，到撑起一家公司，洽谈那么多业务，见过那么多世面，她怕过什么了？胆小怕事的人，就走不到今天这地步。

只是放不下爸妈、爷爷奶奶、儿子女儿。血浓于水，舍不得他们。万一手术失败，爷爷奶奶百岁老人，白发人送黑发人，送孙女上路，岂不是要伤心死？爸妈更伤心。儿子女儿也要伤心。惠姐舍不得他们。她上有老、下有小，还有公司那么多员工，牵挂太多。

她要强，但心里也有软弱的地方，不轻易示人。当了这么多年老总，人前总要有老总的派头，不苟言笑，喜怒不形于色。员工们说她是女强人，对她很是敬畏。但说到底她还是个女人，还是个人，总盼着有另一个人，一个男人，陪在她身边，偶尔给她一个依靠，让她知道，她不是孤单的一个人，寂寞冷清。

比如此时此刻，身患癌症，要做手术，却连一个陪同的人也没有。只身入院。办理种种手续的，是公司的助理和家里的保姆。

手术前一晚，惠姐打电话告诉爸妈，爸妈不放心，要来北京探望、照顾，她没让。他们过来，只是陪着受罪，何必？年纪大了，七十多岁，受不起这番折腾。到时候见了惠姐受苦，他们心疼，哭哭啼啼起来，惠姐还要分心去安慰他们。不如就不要过来了，让她安心休息，无牵无挂。有助理和保姆照顾就够了。尤其叮嘱，先别告诉爷爷奶奶，年纪太大，经受不住，等做完手术再说。

儿子不放心，连夜坐火车到北京。进手术室前，儿子打电话过来："妈，我到北京了，在往医院赶。等你做完手术就看到我了。没事的。别怕。"

惠姐一点都不怕。但听了儿子的话，心里特别暖。

她没告诉儿子，手术前的病危签字，是她自己签的。她怕他们有心理压力，犹豫不决，不敢下决定，所以独自跟医生商量："手术过程中，如果打开腹腔后，发现癌细胞有转移，请医生以最专业的角度处理，该切哪块就哪块，不必考虑家属，病患本人负全责。"

做完手术，惠姐在手术室外看到儿子。高大健壮的帅小伙，眉清目秀。从前一直觉得儿子还小，现在第一次觉得儿子长大了，是她的精神依靠。

四个小时的手术，很折腾。麻醉药效过后，痛觉慢慢复苏，惠姐疼得在床上掉眼泪。伤口疼、肠子疼、肚子疼，浑身都疼。都这个时候了，坚强给谁看呢。同病房的另外两个人也是前两天刚做完手术，躺在床上疼得话都不想说，哭都没力气哭，动一下，浑身的肌肉都拉扯着疼。躺着疼，坐着疼，站着疼，一动就疼，不动也疼。真要命。只希望早点恢复。这时候什么都不要了，只要健康。健康第一。健康唯一。别无所求。

以为做了肿瘤切除手术，就是彻底告别癌症，恢复些日子，就能回公司上班，重整旗鼓。惠姐是工作狂人，事业就是她的全部，不上班不行，闲不住。

结果留院观察了几天，医生说："手术结果不是很理想。癌细胞扩散了，已经扩散到淋巴。"

惠姐对癌症并无概念，恍惚了一下，很冷静地跟医生沟通。就像在谈判业务。

"扩散了？那怎么办？"

"行。治吧。不治，难道等死？谁想死？"

"怎么治？"

“化疗？行。那就化疗吧。赶紧的。”

癌症是猛虎，惠姐骑虎难下，九死一生，只有硬拼到底。

化疗是一个漫长的过程，且医生说了，就算化疗成功，以后也不能工作了。精力跟不上，身体也受不了。如此一来，公司上市的事，当然没指望了。不得不从大公司退出，准备关掉。

想到团队里还有二三十个年轻人，跟了她多年，都解散了也舍不得。毕竟是自己 10 多年的心血。因为客户稳定，惠姐便让他们自行维护客户。业务量必然缩水，盈利也谈不上，但维持他们的收入总不难。惠姐是很负责的人，城门失火是个人私事，不想殃及池鱼拖累他们。这样处理，也算仁至义尽，无后顾之忧。

不知为何，离开公司的那一刻，除了不舍和心痛，惠姐心里居然有一丝解脱的快感。背了这么多年的一块大石头，越来越沉，越来越不堪负重，却不得不背负前行，现在终于丢在地上，光明正大地弃之不顾，且有足够的理由：不是我不想顾及，而是泥菩萨过河，我已经自身难保，往后只能看你们的造化了。

之前做手术时，女儿的签证到期了，没有及时续签，没办法回国。知道惠姐要做手术，立马赶着去办签证，后来化疗都是女儿陪着。

女儿说："妈，我打算休学一年陪你。"

惠姐不同意："不用。有保姆和助理照顾就行。你外公外婆我都没让他们过来陪我。放心吧。真不用。过来看两天就行了，早点回去。你哥也要留下来照顾我，有什么好照顾的？还不是被我撵回去了？又不是医生护士，待在这儿也没用。早点回法国吧。别耽误学业。一整年的学业和青春，怎么能耽误？开玩笑！没必要。有事我给你打电话。"

惠姐不想因为自己拖累家里人，不想耽误儿子工作，不想耽误女儿的学业。

女儿说："妈，学业耽误一年，以后还有机会。万一你的病出什么问题，治不好，走了，我会遗憾一辈子的。小病小痛就算了，癌症、化疗，这么大的事，我不能不陪着。爸爸走了这么多年，也没个消息，活着也当他死了。哥哥毕竟是男孩子，再有心意，也不够细心体贴。外公外婆年纪大了，外太公外太婆年纪更大，他们能照顾自己就算好的。家里再没别人了，咱们娘儿俩还不能相互照顾吗？等你病情稳定了，也许不用一年，我自然会放心回法国继续上课。你现在这个样子，我就算回去了，也没法专心读书啊。你就让我留在身边照顾你吧。"

惠姐没再拒绝。她也想有个人陪着，不离不弃。

还好，到最后还有女儿这个贴心小棉袄在身边。

化疗的日子，惠姐都记下来了。11 月 8 日，第一次化疗。11 月 28 日，第二次化疗。12 月 19 日，第三次化疗。2014 年 1 月 9 日，第四次化疗。2 月 17 日，第五次化疗。3 月 24 日，第六次化疗。

铭记，因为刻骨铭心的疼痛。惠姐化疗的药物并不会使她掉头发。不是所有化疗都会掉头发的，要看使用的药物，掉头发是某些少数药物的副作用，也看个人体质。惠姐呕吐的症状也比较轻微，只是药物注射到身体里，顺着血液流经全身，手脚发凉，浑身发抖。

这种冷是由内而外的，体内的热量被吸光了，屋里空调开再高也没用，还是冷，瑟瑟发抖，寒毛直竖。稍微喝点不那么热的水，就跟针刺一样，这里扎一下，那里扎一下，整个肠胃都痛到不行。吃不了饭，吞咽困难，比扁桃体发炎还痛，只能喝流质，一点一点咽下去，很疼，很煎熬，很辛苦。

但很想活下去。所以咬牙忍着。

小半年，化疗了六次，肿瘤已经缩小，虽然还在腹腔内，但已经不再恶化，癌细胞被控制。只是还要定时去医院复诊，以免长出息肉引发癌变。

比起那些化疗失败的人，没能坚持到底的人，中途放弃的人，惠姐是不幸中的万幸。身体状况大不如从前了，这小半年的折腾很伤人。但至少她还活着，还能继续活下去。

这小半年里，化疗、吃药、焦虑、抑郁，虽然有保姆、助理和女儿陪着，爸妈和儿子也常打电话慰问，可依然是惠姐这些年来最痛苦的一段日子。身体与心灵都非常疲惫。

身体很沉，像个累赘，甩不掉的包袱。因为药物作用，常常夜里疼得睡不着觉。翻身打滚，辗转反侧。难受得好几次有自杀的想法。这么难受，不如死了算了，但又有求生的本能，咬牙忍着，疼得浑身是汗。疼出眼泪，大半夜一个人哭。

又不能什么都跟爸妈、女儿、儿子说，怕他们担心、干着急。都积压在心里。越是难受，越要忍着，越不能说，都憋在心里。很累很累。很委屈。很压抑。很忧郁。

就像当年创业初期，处处受挫、碰壁，无人支援，半夜三更一个人加班加点到哭。谁想这么累？谁不想贪图痛快？谁不想坐享其成？说是带着团队一起干，但凡事到最后都是惠姐一个人扛着。久而久之，都习惯了。再软弱的人也无比坚强，金刚不坏。

一个人能从底层爬到高处，必要蜕过无数层皮。长了水泡，又被戳破。流过脓，然后再结痂蜕皮。最后的心，都是起了茧的，百毒不侵，刀枪不入。

化疗后，惠姐在家休养了很久。反正公司的事情已经完全不用她管。她也没心力管，彻底撒手。每天在家看看电视、看看书、做做瑜伽。日子就这样过去。经历过癌症和化疗，能有这样平淡的生活，已经知足。清心寡欲，无所求。

直到九月份，惠姐的一个老客户的女儿嫁了个法国男人，在法国结婚，邀请她去参加婚礼。惠姐想着，刚好可以去看看女儿，也可以四处走走，放松心情，一个人在家太久，没有工作，太闷了。

在客户女儿的婚礼上，惠姐看着他们年轻貌美、才子佳人，有点心动。二十多年前，自己不也是这样年轻而美好？时间过得真快啊，脸上皱纹越来越多，皮肤松弛，长出斑点，白头发也多了起来。癌症摧残人。年纪也到了。明年可不就五十了。五十岁的女人，人老珠黄，这辈子还有什么指望呢。不想了。想了要叫人笑话的。只是有点不甘心。不甘心一辈子就这么过去了，却没有遇上一个深爱的男人。不甘心从三十岁就一个人过日子。不甘心就这样孤独终老。

然而，就在婚礼的第二天下午，在女儿家附近的一个街头，惠姐遇上了 Chris，一个大她两岁的法国离异男人。

起初，惠姐是想问路。她只来过法国两三次，出门都是女儿带着，自己不认路。这天外出散步，回来的时候，她迷路了，找不着女儿家在哪儿。这时候女儿正在上课，惠姐不愿打搅女儿，于是找人问路。看 Chris 高大健壮，面相和善，用很蹩脚的英语问他，女儿家的那条街怎么走。

惠姐的英语说得不清楚，Chris 的英语也很不好，两个人指手画脚，彼此都不知道对方在说什么。惠姐想起手机里有翻译软件，女儿帮她下载的，以防万一。赶紧用软件把问话用手机翻译成法语。Chris 终于明白她在问路，用法语回答惠姐。惠姐再用软件翻译过来。哦，往前再走两条街就好。

法国男人是很浪漫的。Chris 见惠姐只身一人，邀请她喝杯酒。她说不能喝酒，但可以喝杯茶。在喝茶的那会儿，在街角的一个咖啡店，在柔和的阳光下，在宽大的遮阳伞和小巧的红木圆桌旁，两个人就这么认识了。用蹩脚的英语和手机翻译软件简单交流，有说有笑。

缘分是说不清的。有人十五岁失身，未成年就堕胎；有人五十岁才初恋，生了一儿一女还不知心动的感觉。

那天，惠姐穿一身浅蓝色的连衣裙，是女儿给她买的。女儿说："今年流行这款颜色，很招桃花运的。"

惠姐说："我都这把年纪了，要招什么桃花运？"

但她还是穿了。心理有一丝盼望。没想到，真的招来了桃花运，如愿以偿。

时来运转了吗？

要是在从前，惠姐肯定不会想这些事，工作太忙了，废寝忘食，哪有时间谈情说爱？就算要相亲结婚，也不会找个外国人。言语不通，有文化差异在，怎么聊？怎么相爱？简直给自己找憋屈。

但经历过癌症和化疗，她反而想通，愿意接受生活中的种种可能。不故作强求，一定要如何如何。

生命太脆弱，不知道哪天就走了。就像风筝，飞得再高再远，哪天狂风骤雨席卷而来，风筝线说断就断。所以，何必给自己捆绑那么多条条框框，作茧自缚，以至于临死前留下太多未尽的遗憾？

人生有太多可能性。不去尝试，怎知道没有未来？就算没有未来，那又如何？活着，走过不同的路，认识不同的人，沿途看到不同的风景，本就是一件很美好的事情。

“死”过一次，反而想得更通透，明白活着的珍贵。种种幸福来之不易，要珍惜。

后来，惠姐回国了，回北京。每天和 Chris 在网上聊天。他们言语不通，Chris 不会说中文，惠姐不会说法语，就一直用翻译软件交流。年轻人必然觉得这样太麻烦，太费心思。他们年纪大了，激情缓下来，反而愿意放慢脚步，花心思一点一点沟通明白。而且科技发达，翻译软件很好用，很方便，也不麻烦。

网上聊了十来天，Chris 说：“亲爱的，我想我爱上你了。”

跨洋隔海，隔着手机屏幕，惠姐脸红心跳，手都不知道该放哪儿。擦眼泪？捂脸？捂嘴唇？捂胸口？太激动。

这两年，想到过公司上市，想到过身价过亿，想到过因癌症而死，想到过自己的葬礼，想到过以后平淡而衰老的孤独人生，但是，怎么也没想到过，会有一个跨时区的男人，用另一种她完全不懂的语言跟她说："我爱你。"

眼泪流下来。

总想着，化疗之后的这些日子，如此乏味，如此冷清，还有什么乐趣？原来机缘如此妙不可言，幸福隐蔽在重重山水之后。

这种直言不讳的告白，换了十八九岁的年轻小女生，必然激动不已，信以为真，小鹿乱撞；换了二十八九岁的女生，肯定是不信，疑心对方是情场高手，油嘴滑舌的老油条；惠姐 49 岁了，不是年轻人，Chris 也不是，都是品性成熟的成功人士，阅历诸多，见识诸多，无论家庭、情感、子女、工作，该经历的都经历过的，都离过婚，都有儿女，彼此心知肚明对方是怎样的人，简单而善良，更重要的是，第一次见面就有心动的感觉，念念不忘，心心相印。

都说大难不死，必有后福。49 岁的惠姐，经历过癌症和化疗，又经历了异国恋一见钟情。

过了半个月，惠姐飞去普罗旺斯，见 Chris。见她的真命天子。

Chris 是职业飞行员，开飞机的。年轻的时候，在法国军队服役二十多年，开直升机。现在做教官，培训飞行员。他资历很深，很多政界、商界重要人士的私人直升机的飞行员都是他在培训。

平常不上班的时候，Chris 就是个老文艺青年。喜欢听诗歌，听法国本土作家的文章朗诵。尤其喜欢雨果和魏尔伦。

他给惠姐念："这里有果实、鲜花、绿叶和树枝。再给你我的心，它只为你跳动。"

Chris 还喜欢莫言。喜欢汉语哲学。喜欢古汉字文化。家里很多古汉字文化的书。惠姐完全不懂。她只懂广告和谈业务。但这不妨碍他们相爱。

对于年轻人有这样那样的问题，属相、星座、职业、爱好、性格、地域、身高、薪资、家庭等，对他们来说，都不是问题。

爱，本就是不可言说，难以定义的。

如果三言两句就能讲清楚什么是爱，世上哪会有那么多痴男怨女？

在一起一年多，惠姐和 Chris 至今还是靠翻译软件交流。两个人都年纪大了，再去学一门语言实在麻烦，反正有翻译软件，省事。日常用语用英语说也行，说多了，大概都能听懂。但因为中法文化差异，难免会有争执。可他们生气从不超过二十分钟。毕竟不是年轻人，老了，身体也不好，余下的生命有限，哪能都用在生气上？生个小气意思一下就行了。好好珍惜身边的爱人，能有份感情不容易。真有什么严重的事，比如惠姐觉得身体不舒服，要去医院，说不清楚的，直接找会法语的中国朋友来做翻译。

大多数时候，他们很甜蜜。惠姐知道 Chris 很爱她。她的小狗玉儿，她养了好几年，感情很深。尤其化疗那阵子，有些话不便和女儿、父母讲，怕他们担心，就跟玉儿讲。有个伴，能倾诉两句，就不觉得那么孤单了。

Chris 很不喜欢小动物，甚至有些讨厌，不想在家里养小猫小狗。

发现惠姐很在乎玉儿后，他说："好吧，不能因为我不喜欢，就不让你养。我爱你。我愿意为你改变。只是，亲爱的，能不能叫它不要进卧室？让它待客厅吧。"

这不是电视剧里二十多岁的年轻男女演的偶像剧情节，而是一个头发白了些的五十岁出头的法国老飞行员，对一个快五十岁的刚经历癌症和化疗的中国女人说的情话。

情话，老了之后再说，更有味道，更有心，更叫人感动。

于是，Chris 在家的时候，惠姐从不让玉儿进卧室，但 Chris 出门了，玉儿就可以进来。惠姐会后期打扫，吸尘器吸干净，不掉一根狗毛，喷点香水，闻不出狗狗的味道。

如果没得癌症、没化疗、没遇上 Chris，惠姐现在的生活，大概跟从前一样，每天在公司加班到凌晨，处理种种纷繁复杂的业务，日复一日，年复一年。也许事业会更上一层楼，公司会如愿上市，银行账户里会有更多的钱，但这辈子就这样了，没别的可能。成功的女企业家，是她最终的标识。

现在，她和 Chris 住普罗旺斯，平常 Chris 上班，惠姐就在家里休息，做瑜伽、慢跑，安心养病。周末时候，便去附近的古镇游玩，看风景，品尝美食。日子过得简单而幸福。这不是从前能想到的，在异国他乡收获爱情。

惠姐最幸福的时候，是 Chris 送她玫瑰花的时候。

癌症，是她这一生所经历的最悲惨最痛苦的事。

玫瑰，是她这一生收到的最美好最浪漫的礼物。

惠姐之前从没想过自己会得癌症，也没想过自己还有收到玫瑰的机会，更没想到的是，玫瑰是在癌症之后。

老天爷先给了她最大的绝望，让她失去健康、失去公司、失去工作、失去前途、失去梦想、失去多年奋斗的心血，一无所有，跌入深渊，然后绝处逢生，给了她做梦也不敢去想的爱情。

塞翁失马，焉知非福？人们都希望追逐美好，摒弃厄运，但命运不可捉摸。

怎么也想不到，癌症和化疗，竟是美好人生的开始。

一颗种子被丢弃在沼泽里，然后开出花来。

年初的时候，Chris 向惠姐求婚。惠姐不敢答应，怕自己身体不好，哪天癌症复发，忽然走了，会伤害 Chris。

惠姐的健康状况并不理想。毕竟肿瘤还在体内，身体时好时坏，晴雨不定。好的时候，能和 Chris 出门旅行，跟正常人一样。但疲劳也是常有的事，累了就要躺着休息。总之是个病人。给我打国际长途电话，讲她的故事，希望我能写下来，作为纪念。说着说着就累了，明天再聊。她要休息。

每六个月，惠姐要去医院做一次检查。去年春节回北京做检查，结肠里长出息肉，做手术切除了。今年春节回北京做检查，结肠里又长出息肉，又要做手术切除。

这些息肉就像韭菜，割了又长，长出来了就必须立马割掉，不然会癌变。

除不尽。能除尽的话，惠姐就不用受这些折磨了。

几次三番躺在手术室里，也是很痛苦的事。身体打开再缝上，穿针引线，千疮百孔。精神也备受打击。不确定下次再去做检查，息肉是不是已经癌变。未来忽明忽暗，如履薄冰。

在这种情形下，能爱上一个人，已经很感激上天。婚姻，总是心有余悸。怕万一刚结婚一两年，自己就走了，会给对方造成伤害。

但后来惠姐想通了。既然活着，就该好好把握当下的美好，不要浪费彼此的情感。Chris 都不在意了，爱她，尊重她，以她为骄傲，而不是很多人眼里的同情和歧视：你是一个癌症病患。

在 Chris 心里，惠姐是一个坚强、勇敢、乐观、美丽、智慧、善良的中国女性。

那她又何必太执着，想太多？

50 岁，不是 25 岁，还有大把的光阴可以浪费。

50 岁，患有癌症，剩下的日子是说不清的。

就像大海里的一座荒岛，或许有地震、海啸，说不清明天。但有一颗种子降临，被海风吹到此处，便要让它生长存活，枝繁叶茂。

正因为身体时好时坏，不能捉摸明天，更要好好珍惜眼前人。

于是答应 Chris，明年春节，到那个时候，再回北京做一次检查，无论是否要做手术，等病情稳定，就举行婚礼。

前年参加客户女儿的婚礼时，也曾幻想自己有一天穿上婚纱，再嫁一次。但只是幻想而已。没想到真有实现的机会，还同在法国。太美好了，美好得有些不真实。梦幻似的。

从前只顾着工作和赚钱，拼了命，逼着自己做一个社会成功人士。仿佛这是衡量快乐和生命价值的唯一指标。没有爱情，也不去享受生活。整日忙碌得像个被编排好程序的机器人。因为癌症，鬼门关绕了一趟回来，忽然明白，生命里还有很多很美好的事物，比如健康，比如爱情，比如路边的花草。

看！路边的花花草草，多美！

普罗旺斯是世界闻名的薰衣草故乡，随处可见一片蓝紫色的海洋。

没有 Chris 的陪伴，惠姐永远不知道，路边的花朵可以这样美艳和芬芳，值得观赏和品味。从前都是开着车子一晃而过，很快，漫不经心。

经历这两三年，惠姐算是看明白了，生命太短暂，就像一朵花，有它的花期。最迟最迟，到了冬天总会谢，我们无力改变。要是遇上狂风暴雨，天灾人祸，过早凋零也是无可奈何。能做的，就是在短暂的花期里，尽情绽放，不要有遗憾。

学习、工作、赚钱，都是非常必要的。只是，不要因此忘记享受生活，忘记感知和珍惜身边的美好。要珍爱生命，珍惜活着的每一天。不要等到失去健康才后悔莫及。

普罗旺斯，Chris，玫瑰。惠姐知足了。身患癌症的她，非常幸福。

我这一生，倔强、固执、纯粹、干净

玉贞是我高中同学，很文静的一个女孩子，瘦瘦小小的，长相乖巧，笑容甜美，头发很长。才十六岁，便长发及腰，放下来黑如瀑布。平时扎个很粗很长的马尾，拖到屁股。走路时一甩一甩，像黑玉制的钟摆，打了光的。

一进教室，男生们个个都盯着她看。她甩头发，也有男生跟着左摇右摆，嬉皮笑脸。都没见过哪个女生留这么长的头发。冬天可以当围巾和帽子用了。很黑很黑，像焗过油。

有人说，她从小就没剪过头发。有人说，这么长的头发，脑子的营养都要吸光了，一定很傻很笨。但无论怎么说，大家一致表示，很想摸一摸。稀罕物件，像大熊猫。

现在想来，也是件极其猥琐的事。

有一天上午，做完课间操，下一节课是体育课，几个男生围成一圈坐在草坪上等着上课。坐当中的是玉贞的后桌，一个满脸青春痘像月球上的环形山一般的男生。他眉飞色舞，不无得意地说：“早读课我摸了，是真头发，不是假发。好长啊。又软又滑。可以去拍洗发水广告了。”

“你胆子真大！就不怕被她发现告诉老师？不要脸！”

“怕什么！用语文书挡着呢。谁瞧见啦？哪只眼睛瞧见的？不要污蔑。男孩子摸女孩子的长头发，怎么能算不要脸呢？窈窕淑女，君子好逑。不算的。男孩子的事，我们都是堂堂君子……”

学着孔乙己的口气，引得大家都哄笑起来，充满了快活的气氛。

男生们都羡慕他。

后来有次换座位，我坐玉贞后桌，一天又一天看着她的马尾辫在眼前晃荡，撩拨似的，诱惑人犯罪，听课都没法专心了，心痒痒，却有贼心没贼胆，想摸不敢摸。一直纠结着，终于在新一轮换座前一天的早读课上，再不摸就没机会了，用语文书挡着，摸了她的长头发。

细细的，滑滑的，凉凉的。像丝绸，像满是裂痕的碎玉，像夏日湖边的清浅水流在指尖流淌。很舒服，很凉快。

没敢告诉别人。只记在心里。

可惜开学刚过一个月，班主任要求班上所有女生统一剪短发。他说："高中不比初中，高考不比中考，这是决定你一生的事情。高考当前，课业繁重，女孩子应该把时间用在学习上，而不是梳妆打扮上。每天梳头发要十分钟，三年加起来得多久？算算看！有这工夫，还不如多背两篇文言文、两页单词，多做两道数学题。等以后上大学了，有的是时间给你梳妆打扮、谈恋爱，想怎么打扮就怎么打扮，想跟谁恋爱就跟谁恋爱，没人管你。现在打扮，给谁看？谁要看？不许早恋！从剪长头发开始。"

班主任是周五下午放学前的班会上说这事的，说周一早读课会一个个检查，没剪头发的女生，通通站到教室外面早读。

女生们一脸委屈，摸着头发小声嘀咕："学校的日常行为规范里也没说这条啊。怎么就不让留长头发了？也没见其他班的班主任管这个。真讨厌！多管闲事！我早起十分钟梳头发，关你什么事？碍着你了？占用你的时间了？"

在女生心里，长头发不仅仅是漂亮好看，更是自身尊严的象征。剪掉长发，光头，就像脱光衣服，人前一览无余，太羞耻。哪怕单单是剪短了些，也像失去自我本性，成为另一个不相识的人。镜中人是谁？不认识。不是我。被他人逼着剪短头发，更像是被阉割了自主权的奴隶。连自己的头发也不能做主了？我怎么活，偏要你来管？

但我们班主任言出必行，雷厉风行，是出了名的严厉凶悍。

他长得人高马大，满脸络腮胡，眼神锐利，不仅有神，而且透着一股狠劲，要杀人似的。初中时候我们就早闻他的大名，跟学生打过架的，一对三，把两个学生的鼻子打破了。分到他班上，只能自求多福，万万不要招惹他不痛快。

如此一来，女生们的长头发是剪定了。

男生们都惋惜：再看不到长发飘飘。

男生对女生的长发有种很深的执念，很难解释清楚。

周一早读课，教室里书声琅琅。所有女生都剪了短发，露出白皙的脖子。很多女生从身后看来，跟男生无异。有女生戴了发箍或发夹，上面有粉色蝴蝶结装饰，像是最后的一丝挣扎和自我安慰，试图挽回一点女生的魅力和妆容。但终究无济于事，都是一脸清秀的男生相，只差喉结了。

班主任心满意足。

直到玉贞姗姗来迟。

所有同学都呆住。

玉贞长发及腰，一如既往。

一个个都停下早读，捧着书本挡着脸装样子，等着看好戏。

没停下的也被旁边的同学捅胳膊："看！她没剪头发！"

班主任皱着眉头走过去，揪玉贞的耳朵："我的话你都当耳边风了是不是？礼拜五放学前我怎么说来着？叫你剪头发，你还敢不剪？不把我放眼里啊。还是没听到我的话？你耳朵不好，我来给你修理修理。”

“啪”的一声，玉贞打掉班主任的手，眼睛瞪得很大，同样透着一股狠劲。

瞬间，玉贞在大家眼里升级为不畏强权的女斗士。身后的朝阳映衬着，就像《圣斗士星矢》里长发飘逸的雅典娜女神，炽烈燃烧的小宇宙。

那个年代，在我们乡下小镇，老师体罚学生是家常便饭。无论言语暴力还是大打出手，我们“尊师重道”，只有忍的份，压根没想过要反抗。何况还是这么人高马大的打坏过学生鼻子的“山大王”，拳头硬得很。他说什么，我们便是什么。虽然心里都有过想反抗的影子，但都是幻想，没有谁付诸实际行动。

“你不得了了啊！这么嚣张！敢打老师！”

班主任火了，撩起衣袖，要抽玉贞。

玉贞扭头跑了。

班主任没追。他呵呵笑：“你跑啊！跑得了和尚，跑不了庙。我看你能跑哪儿去！回去给我把家长喊过来。家长不过来，你也别来上课了！现在孩子不得了，翅膀硬了，要上天了，敢跟老师叫板了。”

转身跟我们发火：“看什么看！好好背书！也要揪耳朵了是

不是！皮痒了？”

大家都低头背书，同时窃窃私语：“玉贞好厉害！敢跟班主任叫板。也不怕被打破鼻子。”

十分钟后，我们以为好戏早就结束的时候，玉贞回来了。她不是单独回来的，后面跟着教务处主任。

看到玉贞回来，班主任上前就要打：“你还敢回来！你胆子不小啊！小东西！把我的话当什么了？老虎不发威，你当我是病猫呢！”

看到后面的教务处主任，班主任立马换了笑脸：“刘主任，什么风把您给吹来了？这么早就来学校啦？”

在我们跟前是地头蛇、山大王，在教务处主任跟前就是笑面虎、哈巴狗，这算不算是变色龙？一味地欺软怕硬、阳奉阴违。

玉贞白了班主任一眼，自顾自回教室。教务处主任和班主任在门外说话。

距离太远，听不清。

但据座位最靠门口的同学说，教务处主任把班主任狠狠骂了一顿，怪他体罚学生。

“现在学生不比从前，惹不起！你动他一根汗毛，他就要去投诉你。万一闹到教育局那边去，把事情闹大了，他们大不了换个学校、换个环境，还能接着上学，你就是彻底丢饭碗了。哪个学校还敢录用你？家长们都要来投诉了。”

“你让女同学剪头发不要紧，她们不剪，你不能强迫啊。哪能动手动脚的？你一个男老师，五大三粗的，她要说你体罚学生，揪耳朵还算好，万一说你手脚不干净，动手动脚，摸她耳朵、摸她脸、摸她头发、摸她身子了，你怎么解释？这谁说得清楚？莫须有的事情，讲也讲不清的。到时候你的名声坏了，学校可不敢留你！你一辈子都找不到工作。”

“以后注意点吧！有这心思，不如多想想怎么提高升学率。别总体罚学生！尤其别动手！尤其别对女学生动手！”

班主任唯唯诺诺，点头说是。

从此之后，班主任再没体罚过班上任何同学。之前每节早读课、自修课都有同学被喊到教室外面罚站。现在最多在自己座位上站个三五分钟。减刑了。

玉贞成了班上的女将军、花木兰、穆桂英。

女将军和班主任结下了梁子。成了死对头。

虽然班主任不喜欢玉贞，她平时寡言少语，班上也没几个朋友，但语文老师很器重她。因为她作文写得好。

新入学的第一堂作文课，玉贞的作文就被老师当范文阅读

这里有果实、鲜花、绿叶和树枝。再给你我的心，它只为你跳动。

你要是再旅行的话，有明信片记得寄我，我喜欢收藏各地的明信片。

赏析，以后更是见怪不怪，篇篇作文被语文老师大加赞赏：文笔好，逻辑性好，思路清晰，旁征博引，内容有创意。凡我们听过的老师夸别人作文的赞美之词，都在玉贞身上用过，并且重复使用。

玉贞的作文确实写得好。比老师给我们订阅的优秀作文选上的作文好多了。不过两三个月的工夫，语文老师引荐她加入了学校的文学社。这在学校也是稀罕事。通常高一上学期是不让进文学社的，下学期才开放申请，名额也极其有限、屈指可数。可见语文老师对她的器重。

从那之后，校刊每一期上都有玉贞的文章，都是大篇幅，不是小角落。

甚至于高二开学的那一期，卷首语居然刊登了玉贞的一篇短诗。

这是绝无仅有的事。卷首语，刊登在校刊扉页的那篇文章，通常由文学社的指导老师所写，内容颇为官方，颂扬社会美好，歌颂人性真善美之类。那一期破天荒地刊登了玉贞的一首诗，内容也比较激进，很多人大跌眼镜，一传十,十传百，全校师生都知道了我们班有个才女叫玉贞。

但玉贞还跟从前一样，寡言少语，埋头读书。

其实玉贞成绩并不好，在班上不过中等，有时还要偏下。

她只有作文好。很多时候见她在看书，都是各类课外书，中外名著居多。班主任不提倡她这样的，常在班会课上指桑骂槐：“某些人啊，整天看些没用的课外书，不好好学习做数学题，不知道想些什么东西。”大家都能对号入座，猜到是玉贞。自从那次撕破脸皮，班主任再不敢正面惹玉贞，知道她是个难缠的家伙。

除了看书，玉贞更多地是在写作。写满整整一页纸，字迹清秀，标准小楷，然后从本子上撕下来，撕得粉碎，丢在垃圾桶里。

有一次活动课，班上同学都去玩了，教室里只剩下三五个人。玉贞又写完一页纸，撕下，撕碎。我刚从外面回来，路过她座位，问：“你这是干什么？干吗写完了又撕掉？”

玉贞说：“写得不好。”

“那也不用撕掉吧。”

“不想留着。”

我去捡她撕碎的纸条，被她抢走：“你干吗？”

“看看你写的什么。”

“不给看。”

“难道是什么见不得人的东西？”

“没什么见不得人的东西，只是不想被人看见。”

玉贞一一拾起碎纸片，另撕一张纸包起来，放在书包最外面的小口袋里，准备放学后丢别处垃圾桶里。

“既然撕掉，不给人看，那干吗还写下来？写了又撕，撕了又写？多矛盾啊。”

“谁说写了一定要给别人看的？”

“那你写了干吗？”

“给自己看，不行吗？”

无言以对。好古怪的脾气。

两个月后，有件事在学校里闹得尽人皆知：玉贞给体育班的一个男生写了一封情书。

这本来没有什么，那男生很高很帅，身材也好。打篮球时，篮球场上好几个女生排排站给他加油。打到浑身是汗，衣服一脱，两块大胸肌、八块腹肌，女生们都尖叫。全校都知道他这号人，是风云人物，自小收到的情书无数，很多女生暗恋他。

但问题是，玉贞写给他的，是一封长达七页的文言文情书。丝毫没有引用任何古人的旧作，都是自己原创。后面有整整两页都是骈文，很有《滕王阁序》的感觉。那段日子我们刚学这篇文章。玉贞学以致用，很得精髓。

体育生虽然没有多少文学素养，但也听过玉贞的名字，经常上校刊的那位才女，还上过卷首语，看出玉贞文采飞扬、深情款款，非普通女生。从不待见女生写情书的他，第一次以收到情书为骄傲，不仅给身边人炫耀，还贴在黑板报上，引得别班的同学都来瞻仰。

事情闹大，两个人被喊到教务处写检讨书。

体育生从小惹祸，写检讨书不在话下，内容早就烂熟于心，稍作改动，五分钟就写好了。字迹歪曲，像太阳下晒干的蚯蚓在爬。

看一旁的玉贞，字迹工整不说，居然又写了一篇文言文！

“你有病啊！检讨书都写文言文！谁看得懂！故意折腾老师吗？”

体育生本想说这句的，但话一出口，却成了：“你文笔很好。”

玉贞脸红：“你都看明白了？”

体育生摇头。

“那你还说好。”

窗外阳光灿烂，鸟语花香。

体育生说：“我听不懂鸟叫，但也觉得鸟儿唱歌很好听啊。”花言巧语逗女孩子欢心，是他一贯的本事。

玉贞笑了。

“文笔这么好，以后当个作家吧。你出书了，我第一时间买，找你签名。”

“我没想当作家。”

体育生不懂：“那你想当什么？”

“不知道。我就喜欢写作。喜欢而已，但不想以此为职业。还没想过将来工作的事。太遥远。”

“喜欢写，就一直写下去。能做自己喜欢的事，多开心。我文科理科都不行，爸妈才叫我上体育班。其实我自己并不喜欢。平时玩玩可以，天天打球、训练，很烦的。但总不能不上学。不上学干吗？就这么勉强着过吧。”

交了检讨书，玉贞和体育生再没说过话。偶尔在学校里碰见，只是点头一笑。那时的情爱，与其说是非君不可的欲望，不如说是一份浅薄的幻想，随风摇曳，随风而逝。

玉贞把幻想寄托于文字，渐渐也就消散了。暧昧的感觉全无。

体育生只觉得这女孩很特别，但知道不是一路人，勉强不来。

一个月后，玉贞的那份情书上了报纸。是文学社的指导老师拿去投稿的，内容作了删改，把男女之情改成了学生对老师的敬重之情。大家对玉贞再次刮目相看。

如此看来，玉贞是文学社这届的第一人选了。

学校的文学社，每年都会选两三个社员作为重点栽培对象，指导老师单独指导提点，一一给他们修改文章，并向报刊杂志投稿。

好几个学长学姐，因为在校时多篇文章见报，被出版社的编辑邀请出文集，还有几个直接被保送大学中文系的特长生。这些荣誉，出书、保送，指导老师都是有奖金的，对学校声誉也有极大的好处。

很多家长争着抢着给文学社的指导老师送礼，拜托老师帮忙给孩子修改文章，投稿报社，说不定孩子将来能出书、保送大学。但指导老师会看个人天分。天分不够的，就不浪费时间了。揠苗助长，彼此都是耽误，还浪费时间。有天分的，才会稍加指点，四两拨千斤。玉贞是写作奇才，十年难遇一个，怎么能错过。

这是别人想都想不到的机遇，叫人羡慕死。

但玉贞并不开心。

她死脑筋，去找文学社的指导老师理论："干吗修改我的文章？你投稿也没经过我同意！"

指导老师心想：这小姑娘，脾气不小。

老师耐心劝说："你这文章整篇写得很精彩，但有两句写得不好。你看，我这样一改，不是好多了？早恋的主题也不好，改成尊师重道的主题，不是更主流了？你有天分不错，但还需要点拨点拨。老师当你的伯乐，好不好？”

玉贞撇过头：“我不要别人改我的文章。”

指导老师说：“文章不厌百回改。老师帮你润色修改两句，还不行了？哪有人的文章写了不需要修改的？曹雪芹的《红楼梦》删改了多少回，你知道吗？”

玉贞丢下一句：“文学社，我不参加了。”跑了。

语文老师私下劝她：“我也是为你好。你数学和英语的成绩一塌糊涂，班上垫底，高考不行的，还不如走特长生的路子。就你的文笔，在文学社好好写，指导老师给你好好栽培，两年内，绝对能上各大报刊杂志。出书、保送，都不是问题。前面几届有好几个文笔不如你的同学，不都出书、保送了？你要相信老师、相信学校文学社。”

玉贞不听。她很犟。

班主任在一旁冷笑：“就没见过这样的姑娘家。”

玉贞退出文学社后，同一届里，文笔仅次于玉贞、但远不如玉贞的一男一女接替而上，被指导老师热捧，文章往各大报刊杂志社投稿，时不时就见报。

没办法，文学社每年都有硬性的名额要求，必须要捧两三个学生出来。要么出书，要么保送。不然学校就不拨经费了。

离经叛道的玉贞离开了，受益者后来居上。指导老师也有业务压力，自然铆足了劲捧他们两个“尊师重道”的。

最终，被力捧的女生，保送复旦大学中文系；被力捧的男生，在校期间就出了两本文集，保送南京大学中文系。

而玉贞，只考上一个很普通的二本学校。专业是金融会计。爸妈给她选的，说这个专业出来好找工作，能挣钱。

高中毕业后，我们再没见过面，只在网上有过几次联系。玉贞不爱与人来往，连同学聚会也从不参加。但我们时常谈到她，那个不肯剪长头发的女生，那个敢跟班主任叫板的女生，那个文笔很好的女生，那个会把自己的文章撕碎的女生，那个给体育生写文言文情书的女生，那个用文言文写检讨书的女生，那个不满指导老师修改她文章拿去投稿的女生，那个主动退出文学社放弃指导老师栽培的女生。与旁人如此不同，与这世界格格不入。

像不为五斗米折腰的陶渊明，更像周敦颐写的《爱莲说》，香远益清，只可远观。傲然独立，卓尔不群。

大学里，玉贞爱上了旅行。她旅行和别人不同，别人都是拉帮结伙，一堆人上路。到哪儿都要拍一堆照片，发在网上刷屏。她从不发照片，只写游记。

她手脚很快，发完不久就会删除。看到标题，及时点进去，就能看到她写的游记，文字一如既往很有灵气，常常文言文，甚至骈文。但更多时候我们点进去，页面显示已删除。

想起高中时候，她把整页的文字撕碎扔进垃圾桶。

她没变过。一直是个奇怪女生。不讨喜，也不在乎别人是不是喜欢她，怎么看待她。她就是这么自我，这么倔强，这么无所谓。

有同学跟她同城，约她一起出游、爬山。她拒绝。

同学说："一起来吧。人多热闹。"

玉贞说："我不喜欢人多。不喜欢热闹。我喜欢安静。喜欢冷清。"

同学都说："她好怪。怪胎一个。"

同学专挑五一、十一长假出游，平时没时间。放长假，大家都出来玩，路上人特别多，人挤人。签到做任务似的，到一个地方赶紧拍两张照片，继续下一个地方。景点太多了，得提前看攻略，作好行程安排，不然来不及。晚上睡酒店，吃喝都是当地有名的美食餐厅，一饱口福。

玉贞出行刚好相反，只在工作日出游，尤其天气不好的时候，比如阴雨连绵。路上人少，风景不被打搅。雨太大了伤风景，行路也不方便，细雨刚好，很有情调。穿雨衣、雨靴出门，一路淋湿也不在乎。

玉贞从不去人多的地方，尤其名胜古迹，觉得名过其实。只去偏远冷清的地方，人迹罕至，别有一番风味。永远一人独行，独来独往，不与外人结伴。有时候去爬山，偏僻小山，荒山野岭，整个山上只有她一人。每条路都是独自行走。

她的包里没有化妆品，没有换洗衣服，只有身份证、一点现金、洗漱用品、水瓶和饼干，还有一顶很小的帐篷、一个睡袋。她经常露宿野外。她喜欢这种亲近自然的方式。几近荒蛮。归于本心。

她一直这样出游，直到大四毕业前出事。

那天，我在学校图书馆忙着准备毕业论文，派出所给我打电话，问我是否认识玉贞。下意识地慌张起来，什么事要牵扯到派出所？我说我们是高中同学，问对方怎么了。打电话的人说："你同学在山上被人抢劫，从山坡上摔下来，当场身亡。犯罪嫌疑人已经抓到。你在她手机的最近联系人名单里，所以要录个口供。"

当场愣住，一时没反应过来。

后来才知道发生了什么。

前两天下午，下小雨，玉贞照例出游爬山。她一向去人少的地方，加上下雨，以为路上不会碰到人。谁知半山腰碰上两个男人，就是后来抓到的犯罪嫌疑人，本就是在逃的通缉犯，涉嫌一桩谋财害命的杀人案。

据两个犯罪嫌疑人说，他们起初只想抢点钱，玉贞说身上没带钱，他们不信，搜身，什么都没搜到。就这么白白放过她？不行！看她长发飘飘，挺漂亮的，动了歪心思，要性侵她。玉贞转身就跑。下雨，山上很滑，玉贞跑得太急，扭伤了腿。两个犯罪嫌疑人抓住她，性侵了她，又把她从山坡上推下去，头撞到石块，当场断气。

说不出的滋味。心里堵住。

警察问我最近一次和玉贞通话是说什么事。我说："是两礼拜前，我们几个老同学去她学校那边玩，想喊她一起。"

警察问："你们一块出去玩了？"

"没有。玉贞喜欢一个人。她不爱热闹。"

"她要是跟朋友一块去爬山，犯罪嫌疑人看人多，哪敢行凶？你说一个小姑娘家，没事往深山野林里跑干什么？下雨天还出去。一点也不懂得自我保护。"

我沉默无语。记得玉贞写过："每日生活循规蹈矩，不免沉闷。认定身边事情都是理所当然，生活自然了无生趣。冒着肢体损伤、甚至失去性命的危险去爬山，正因为危险时刻笼罩，不期而遇，感官格外敏锐和浓烈。雨后的新鲜空气，沿途的花草树木，站在山巅一览众山小，迎接冉冉升起的朝阳，都是无比美好的事。”

这种文艺的解释大概是没办法跟别人说通的。因为大多数人对于“文艺”一词不过是一种附庸风雅的潮流，而对玉贞，是一种不可或缺的生活方式。她就是这样品性的人。

其实，打电话的那天，我们原本不想联系她的，都知道她很孤僻，不爱跟人出来玩，邀请也是被拒绝。只是当年她写情书的那个体育生也过来了，说想见见她。没想到玉贞在电话里很直接地说：“我对他的爱慕，只有二十分钟，写完那篇文章，对他就再没有爱慕之心了。要不是你今天提起，我都不记得他了。”

体育生很尴尬，这些年，他一直把那封情书折叠放在钱包里，随身携带。很奇怪的是，收到这封情书之前，他谈过很多女朋友，换来换去，没觉得有什么不妥之处。收到这封情书后，每次谈女朋友，他都希望对方能给自己写一封情书，但从来没有。这些年，他一直惦记玉贞。每次分手后，都会翻看这封情书。他从没为那些女生伤心过，却对玉贞越来越想念。明明两人只有一面之缘。

出事的第二天，我在网上看到玉贞的新闻，在社会新闻那栏很小的角落里，非常不起眼。跟头条的娱乐新闻某某明星夫妻大婚的版面不能比。

大概这种小案件每天都在发生，一扫而过，无人在意。

除非受害人是身边人，认识多年，骤然出事，才会猛地心悸，感慨命运无常，生命脆弱。

22 岁啊。她才 22 岁。一生中最年轻而美好的时光。就这样英年早逝。

体育生从别处得知玉贞的死讯，很难过。与我一同参加玉贞的葬礼。那时我刚签了工作合同，还没有正式上班，有空，刚好回老家探望亲人。他也是。

他说："其实这样也好。不然你看，回头毕业了，都要找工作混口饭吃。我们无所谓，她不行。照她的脾气性格，真去当个会计师，每日为了糊口奔波劳累？她太天真，太纯粹，太理想化，很难在这个物质化的社会生存。偏远的山谷确实更适合作为她的归宿。"

是。玉贞太固执，太倔强，太极端，太钻牛角尖，是理想主义者。什么都要如她所愿。如果生活不如理想，她会活得很痛苦。宁为玉碎，不为瓦全，坚持走自己的路。我们不一样，我们都是凡人，随遇而安，为了温饱生计，总能勉强过下去。她不要勉强自己。

玉贞的葬礼，玉贞父母对外只说，玉贞是出游爬山，失足跌下山坡，是一场意外。撇去其他不说。

分明记得，警察给我看玉贞的照片让我辨认。照片里，玉贞长发披肩，衣衫不整，满脸血污。是人蓄意谋害。

如果玉贞在，必不愿他人修改自己分毫。该是怎样就怎样。指导老师不能，父母也不能。她不为自己人生的原本面貌而羞耻。

丧礼的锣鼓敲起来，玉贞的父母抱头痛哭，说女儿狠心抛下他们。

远远看到盖棺入土，想到那一年，新学期开始，校刊的卷首语用了玉贞的一首名为《我的墓志铭》的短诗，没想到几年后一语成谶：

我只想如自己所愿，
而非如他们所愿。
不是故意要和谁作对，
只是一旦有冲突，

我不要听他们的，

委屈自己分毫。

不是不懂人情世故，

只是不愿沦为世故。

我这一生，倔强、固执、纯粹、干净，

只为自己活。

即使此路刀山火海，

终点亦是绝路，玉石俱焚。

九泉之下，虽死无憾。

被妈妈一手安排也被妈妈一手毁掉的生活

菁菁还没毕业的时候，妈妈就给她安排好了工作：跟妈妈一块，在镇上一家事业单位上班，朝九晚五，做五休二，很轻松，很惬意。

前两年妈妈就计划好了，看准了单位里的一个闲职，之前的人调走后，一直空着不让招人，未雨绸缪先预订着，等菁菁一毕业，立马填补过去，水到渠成。

妈妈说："现在大学生出来找工作不容易。不比从前大学生稀罕，当个宝贝捧，现在遍地大学生，文凭不值钱。除非你是名牌大学出来的，清华、北大、上交大。你是吗？你不是。多少年轻人顶着学历找不到工作的？刚毕业就失业。这不，妈都给你安排妥当了，比你自己出去打拼容易。你一个人在外面，风吹日晒的，妈妈也不放心啊。万一碰上坏人怎么办？被同事欺负了怎么办？生病了怎么办？饭菜不合口怎么办？想家了怎么办？不在跟前，妈就是不放心。趁妈妈还没退休，还能多照顾照顾你。你爸爸走得早，家里就咱们娘儿俩，我一个人把你带大不容易，你要听妈妈的话，不要让妈妈担心。妈都是为你好。妈不会害你的。为了你这工作，妈也是求爷爷拜奶奶，三天两头跑，给管人事的老冯送了好几条香烟、好几罐茶叶，还是你叔父上次从北京带过来的好茶叶，很香的，老贵的，我自己都舍不得吃，全送老冯了。年初的时候，老冯的儿媳妇摔伤了腿，我送了最大号的一个水果篮子去医院探望。我图什么？就为了保住你这个职位。”

其实，菁菁一直很想出去看看，四处闯荡一番。虽然她没什么远大的志向、抱负，但也好奇外面的世界究竟是什么样，不想一辈子蜗居在这个小城镇里，坐井观天、鼠目寸光。

尤其不想总跟妈妈在一块。明明妈妈很疼她，很照顾她。简直无微不至，几乎把她当襁褓中的婴儿疼爱，衣来伸手，饭来张口，什么都不用她操心。

哪里就要这么夸张了？明显没必要。

如此周密，像个密不透风的鸟笼，死死困住，叫人窒息，反而使菁菁很想逃离这个家，向往外面的蓝天白云，大千世界。恨不得一走了之，远走高飞，再不回来。又觉得这样很对不起妈妈，很不孝。内心矛盾。压抑。纠葛。

早先以为，上大学能报个远点的城市，背井离乡。填志愿前，妈妈一直说要填附近的 A 大，同省，离家很近，坐长途汽车两个小时就能到，放假回来方便，妈妈过去看望也方便。

成绩公布，菁菁的分数比 A 大的录取线少了两分。菁菁不仅不觉得遗憾、失落，反而有几分窃喜，好像故意少考了两分，好理所当然去不成 A 大似的。

“妈，我尽力了，是我成绩太差，对不起。让你失望了。”

那干脆填个远点的学校吧。菁菁选了 3 个很远的学校。

妈妈不同意：“太远了不安全！女孩子家的，要出那么远的门干什么？”

“最近的 A 大我想去也去不了啊。这分数再近点的学校没别的了。”

妈妈不死心。数日之间，东奔西走，四处送礼求人，花了很多钱，终于开了后门，让菁菁被 A 大录取，专业调剂到分数线最低的那档。妈妈无所谓，能把女儿留在身边就好。

虽然不满妈妈逼着她留在附近城市，但看妈妈那么辛苦求人，菁菁更多地是愧疚。

因为愧疚，所以不敢拒绝。怕伤害妈妈。

怕被妈妈说，不懂知恩图报，好心被当作驴肝肺，狼心狗肺。

所以选择伤害自己，委屈自己，压抑自己。

现在要找工作了，妈妈使出同样的招数。这招用了二十多年，依然手到擒来。菁菁又愧疚了。想想还是算了，听妈妈的吧。妈妈说得对，妈妈都是为她好，妈妈不会害她的。妈妈那么辛苦，别让妈妈难过了。

菁菁就这么入职了。

当同学们都忙着投简历、各处面试、学习总结各路“面霸”经验的时候，菁菁已经坐在办公室里吹空调、喝菊花茶。

妈妈特意关照过上面的人，说过好听话，送过礼。因此，菁菁的工资很不错，福利待遇很好，但要干的活儿却很少。很闲的闲职。可以睁一只眼闭一只眼，混日子混到退休。

一早过去，打卡上班，喝喝茶、吹吹空调、看看报纸杂志、玩玩手机，晚上到时间了，打卡下班。偶尔整理一下文件，搜集一点琐碎的资料，以及每个月末的两三天稍微忙些，但也就是做几张统计表格而已，熟了就能很快搞定，没什么技术含量。

看看同学群里，一半的同学找到工作了，都是助理之类的文职，很辛苦，跟做苦工似的没日没夜地忙，什么都要干，根本没工夫聊天，钱拿得却很少，勉强够温饱，买件新衣服就不行了。另一半的同学还在各处面试，抱怨这年头工作不好找，各处求推荐职位。

菁菁偷笑，还是妈妈给安排的好。真要自己出去找工作，多费劲，吃力不讨好。菁菁很享受这种被妈妈一手安排好的生活。

妈妈怕以后退休了没人照顾菁菁，特意给菁菁在单位里拉好人际关系。隔三岔五就喊菁菁跟办公室的同事们一块吃饭。今天这个部门，明天那个部门，轮流来，一个不落。都是跟妈妈差不多年纪的一帮叔叔阿姨们。闲来无事，最是一副热心肠。头一回见面就瞄上瞄下、问长问短，见上三五回，开门见山："菁菁，谈男朋友了没？"

菁菁直摇头："没呢。"当着妈妈的面，摇得特别使劲。

"真的假的？"一个个挤眉弄眼，不怀好意。

"真的。不骗你们。"

妈妈不让她谈恋爱，说她还小，恋爱太早，说男孩子都不是什么好东西，不能给骗了。菁菁都听妈妈的。妈妈给她安排好了一生，她照着妈妈踩好的脚印一步一步往前走就行，保证循规蹈矩，不越出一格。

其实在大学里，菁菁对同班的小耿很有意思。小耿个子不高，有点胖，肉肉的，长相一般。但人很好，很开朗很活泼，经常组织文娱活动，喊大家一块出去玩，唱歌、吃饭、烧烤、火锅、爬山、旅行，还会打快板、说相声。好几个女生喜欢他。

只不过，小耿家里条件不好，农村出来的，爸妈都是老实巴交的农民，没什么钱。爸爸身体不好，病了好几年，血液病，治不好的，每天吃药，一直躺床上，由爷爷、奶奶照顾。全家都靠他妈妈在外面打工挣钱，养家糊口。小耿自己也没什么大出息，所以没有女生要跟他交往。谁愿意跟他嫁到乡下去，婚后天天照顾一个重病卧床的老头子？

小耿对菁菁有意思，大二时跟菁菁表白过一次。出于妈妈“不允许早恋”的要求，也出于小耿的自身条件太差，菁菁一口拒绝了。听说，小耿到现在还是单身。

一听菁菁确实还没谈男朋友，一帮叔叔阿姨都激动起来，终于有事干了，纷纷说要给她介绍相亲。从来不肯让菁菁谈恋爱的妈妈忽然变了口气，笑嘻嘻地说：“咱们菁菁年纪也不小了，现在工作稳定了，也该谈婚论嫁。你们有条件不错的男方，就给我们介绍介绍。要是成了，喝喜酒一定是大位子。说媒的红包少不了。”眉开眼笑，仿佛已经看到菁菁的婚礼画面。

菁菁纳闷：怎么上大学的时候，妈妈还不让她谈恋爱，说她还小，算早恋；这刚毕业工作才一年，就恨不得立马把菁菁嫁出去，说她岁数不小，该谈婚论嫁？变脸太快了吧？女生老得这么快？

妈妈说：“你懂个屁！女孩子过了25岁就不值钱了，没人要了。还拖？赶紧的吧！”

妈妈说了，菁菁就去做。二话不说。

妈妈的话是圣旨，菁菁是执行圣旨的小太监。

君要臣死，臣不得不死。

相亲的第一个男生，各方面条件都很好，留学海归，金融博士，高薪，个子高，家里条件好，爸爸是开公司做生意的，妈妈是市重点高中的语文老师。就是年纪大了点，31 岁，而且有点丑，满脸青春痘，凹凹凸凸，此起彼伏。

菁菁说："对着他，我吃不下饭的。那一颗颗青春痘随时要爆裂的感觉。太恐怖了。怎么处对象？"

给介绍的刘阿姨生气说："不是说条件好就行吗？可没说要帅哥。要帅哥，怎么不去找大明星呐？小陈这条件可是抢手货。"

菁菁想说：抢手货怎么到现在还没女朋友？一把年纪了！

妈妈帮着周全："小孩子家，不懂事。处对象也要聊得来嘛，聊不来硬是凑在一块也不行啊。菁菁跟小陈说不上话。吃饭半天，说了不超过三句。这哪行？俩孩子没缘分。回头有条件不错的小伙子，也不用长得多俊，五官端正就行。再给介绍介绍吧。"

相亲的第二个男生，菁菁嫌他个子矮。

“都没我高！怎么处对象？将来孩子基因不好，个子矮了，从小就招人笑话、被人欺负。”

相亲的第三个男生，菁菁嫌他牙齿不好。

“满口黄牙，恶心死了。他才多大啊，不过26岁吧？就这副德行了。以后怎么好？浑身烟味，难闻死了。背地里肯定没少抽烟。跟着他过，能有好日子吗？捂着鼻子过日子？搞不好过几年就得肝癌死了。肺里面肯定一片黑。不行。我可不要短命鬼。再加一条，抽烟的一概不见。健康第一。”

相亲的第四个男生，菁菁嫌对方是做医生的。

“做医生的不挺好的嘛？”给介绍的张阿姨不懂了，“这年头医生可抢手了。人都是吃五谷杂粮的，哪有不生病的？嫁了他，以后家里谁有个三长两短，医院里有自家人，凡事都好安排。”

菁菁摇头：“医生忙啊。节假日还要上班。万一来个急诊什么的，还得值夜班。总是不在家。这日子怎么过？我一个人守着大房子干什么去？没劲！”

张阿姨没话说了。

张阿姨当着菁菁和她妈妈的面什么都没说，背地里跟人说：“老严家的姑娘，就那个叫菁菁的，不是一般的挑剔。嘴真叼！也不瞧瞧自己什么条件！要学历没学历，说漂亮也不漂亮，爸爸早没了，单亲家庭长大的，家里条件也不怎么样，岁数也不小了。给她介绍了几个男孩子，还不是冲着她妈老严的面子吗？都挑的条件不错的抢手货。她倒好，不乐意也就算了，指手画脚的，连着我们也一道戏弄了。把我们当猴耍呢！敢情不是我们在费心思给她找对象相亲，是她当了慈禧老佛爷，在挑太监总管呢。谁要当她的小太监去？热脸贴她冷屁股！谁乐意谁去，反正我是不去了。自讨苦吃。”

刘阿姨说：“就是就是！这姑娘挑剔得很。我给她介绍小陈，海归的博士，一个月三万元的工资，条件老好了。爸爸开公司的，妈妈做老师的，要钱有钱，要文化有文化，哪儿不好？无可挑剔的金龟婿！她偏是不要，还嫌人家长得不好看。好像她自己长得很好看似的！笑话！男人家，要长得好看做什么？演戏拍电影去？当小白脸给富婆包养去？条件够好，家世好，不就行了。人家小陈前两个月跟老赵家的外甥女相亲相上了，现如今父母都见过了，亲事也定了，明年春节就结婚。多好的事。是老严家的姑娘她自己没眼光、不珍惜。”

几个阿姨你一句我一句，纷纷同意：“这丫头刁钻、挑剔，太把自己当回事了！眼大无光，目中无人！”

其实菁菁也不是挑剔，她只是觉得，跟这些男生都聊不来，只好找个理由推脱了。要结婚成家，生儿育女，面对面过一辈子，再怎么也得说得上话吧？不然糊里糊涂结了婚，当一辈子的哑巴吗？

这几个男生，还没大学里跟小耿聊得来呢。小耿特别会说话。每次跟小耿聊天，菁菁都被逗笑了。结婚这么大的事，起码要找个能把自己逗笑的男生。

听说小耿早先找了份工作，做了小半年又辞了，看他经常在网上发些照片，好像在参加什么培训学习，还出国旅行了一趟。菁菁有些羡慕，她也想出国看看，但妈妈不让她出去，说外头不安全，人生地不熟的，不放心。只让她安心待在小镇。她就被困在这儿了。笼中鸟。作困兽之斗。

至于培训学习，菁菁高考之后就没认真看过书。她觉得学习没什么用，又不是古时候考状元的，头悬梁，锥刺股，凿壁偷光。要那么认真干吗？有什么用？单位的事情，随便做做就行了。实在不会的，就问妈妈，妈妈会找人帮忙。

菁菁想着，就这样吧，在单位混混，等着退休养老。相亲的事，就由着这帮阿姨们起哄介绍，反正闲着没事，就当生活的调味剂了。

但渐渐地，就很少有人给菁菁介绍相亲了。起初她还不以为意，乐得清静悠闲，日子久了，听到一种说法，有人传言，说菁菁思想不正派，乱搞男女关系。好心好意地介绍男方给她认识，她不识好歹，对人家爱理不理的，不把相亲当回事，当玩耍了。

菁菁觉得很可笑，“乱搞男女关系”？这都什么年代的人了，居然能想出这么个词来。把她当“破鞋”了？真是老古董。朽木不可雕也。

菁菁小看了小城镇里复杂的人际关系。

张阿姨吃早饭的时候跟邻居刘阿姨说了。刘阿姨上厕所的时候跟公司的财务主任李阿姨说了。李阿姨吃午饭的时候跟老同学徐阿姨说了。徐阿姨买菜的时候跟亲家母朱阿姨说了。朱阿姨交水电费的时候跟老邻居余阿姨说了。余阿姨晚饭后乘凉的时候跟同小区的方阿姨说了。刚好被路过的菁菁妈妈听到了。

妈妈回来就骂菁菁：“你个死丫头！你瞧瞧你，都干的什么事！年纪轻轻的，不学好，玩弄感情！相亲这么正经的事，能闹着玩吗？你都当儿戏了是不是？你有没有上点心？你岁数不小了，现在 25 岁，明年 26 岁，不值钱的剩女了！你还要成为剩斗士吗？你要当灭绝师太吗？就算你现在认识个条件不错的男方，起码也得相处个一年半载的，熟悉人品了，最早也是明年，才能结婚。结了婚，最早也是后年才生孩子。后年你都 27 岁了。女孩子，年纪大了，别说找对象就不好找，生孩子也不容易。都成没人要的剩女了，你怎么一点也不着急的？我都替你急！你瞧瞧外面有几个女孩子 25 岁了还不赶紧谈男朋友的？

你是要气死妈妈啊！哎哟，真是气死我了。我这个命苦哟！”

菁菁想说，二十五六岁没谈男朋友不是很正常吗？网上多得是。哪就大龄剩女这么夸张了？谁说没男朋友就是剩女了？心甘情愿单身不行吗？非得谈恋爱？人生就只有结婚生子这一条路可走了？那些独身主义、丁克族还不能活了？

可当菁菁想精准地找个身边的例子来时，发现真的好难。竟然一个也没有。小镇上，通通都是一毕业就立马相亲结婚的。赶鸭子上架。甚至有没上高中的，初中毕业就早早结婚。虽然没领证，但也有了小孩。通知远亲近邻，吃过喜酒，就算夫妻。25岁还单身，确实是无人问津的“老女人”，要被人议论纷纷、评头论足、说不正常。小地方，人都聚在一块，茶余饭后不免要传些流言蜚语，众口铄金、三人成虎，这么下去，她就完了！

菁菁有点怕了。觉得孤立无援，深陷泥潭。

妈妈当下又给她安排了几次相亲。几乎是周转了所有的人际关系。又是一趟不辞劳苦的奔波。让菁菁颇为愧疚。

妈妈说：“菁菁，妈都是为你好。你要赶紧的。再大两岁，结婚就难了。生孩子更难。妈什么都不指望，就指望你早点结婚生孩子。你爸走得早，这个家总没个家的样子。你早点结婚生孩子，能有个像样的家，一家三口开开心心过日子，妈就放心了。你爸在天之灵也开心。”

菁菁叹气，心酸，听不下去，想到很早去世的爸爸，眼泪掉下来。她很顺从地听了妈妈的话，继续相亲。但见了两个男生，还是聊不来。话不投机半句多。

妈妈说：“你这丫头真是死心眼！要聊得来干什么？结了婚，还有大半辈子呢，慢慢聊，不就聊得来了？我跟你爸刚结婚那会儿不也聊不来？结了婚，生了孩子，一切为了孩子，还有什么聊不来的？再晚两年，女人生小孩也不方便了。你就别挑了。下一个不错的男的，趁早定下来。听妈的准没错。工作的事，不就是妈给你安排好的？结婚的事，妈也给你安排妥当。”

下一个相亲的男生确实条件不错。叫小林，很老实的长相，个子不高，有点胖，肉肉的，体型有点像小耿。

听说小耿最近创业去了，也不知他在想些什么，尽搞些不靠谱的事。

小林学历很高，名牌大学研究生毕业，之前在上海一家大公司做部门经理，月薪两万多元。半年前爷爷过世，回老家奔丧，后来在镇上找了份工作，要定下来的样子。家里条件很好，早买了房子。要是结婚，可以再买一套。不差钱。

妈妈眉开眼笑，当下就拍板决定：就小林了！仿佛结婚的是她。

怎么感觉是封建社会的包办婚姻？不是说法律要求婚姻双方要自由恋爱吗？哪儿自由了！

菁菁很想说些什么，妈妈很慎重地点头说："听妈的准没错。菁菁，妈都是为你好。你要相信妈看人的眼光。妈看人从来不会错。早点结婚生孩子吧。跟着谁不是一样？男人都是一样的！跟着小林，他条件好，不会让你过苦日子。别说瞎话了！什么爱不爱的，羞不羞？有了孩子就不一样了。你不小了，赶紧把孩子生下来。有了孩子，心思就定了，你就不会想这些乱七八糟的东西。现在就是缺个孩子。"

就这样，赶鸭子上架似的，菁菁和小林结婚了。

从相亲见第一面到结婚，不过两个月。两个月来，他们没见几次面，没说上几句话，彼此都不怎么了解，像大学里碰巧坐一个教室听同一节课的两个陌生同学。都是菁菁妈妈和小林爸妈在聊，先聊彼此家境，后来就是聊婚礼，仿佛情投意合、永结同好的是他们。火急火燎地就定下来了，一派皆大欢喜的模样。

小林爸妈很开心，他们也是急着想抱孙子，希望小林早点结婚。给他安排了好几回相亲，但他太挑剔，总嫌弃这嫌弃那的。

“跟着谁不是一样过日子?”小林爸妈也这么说,“挑个老实的姑娘就早些结婚生孩子吧。你也不小了,29岁了。难不成等三十岁了还不成家?叫人笑话。老邱的儿子跟你一样大,从前一块上小学的,现在他孙子都快上幼儿园了!你就一点也不急!”

小林每次都说:“上海三十岁没结婚的男人多了去了。满大街都是。”

小林爸妈说:“上海是上海,我们是我们。别去一趟上海就当镀了一身金,你就不是农村人了!你的根在这儿!吃水还不忘挖井人呢,这么快就翅膀硬了,不认老家了?要上天了你!”

小林就不敢多说什么了。

他是赌气:行,要结婚就结婚吧,赶紧的。要生孩子就生孩子吧,赶紧的。

小林和菁菁很快结婚,第二年就生了孩子。很讲效率。

生了孩子半年后,两人离婚了。

确实,跟着小林,菁菁过得很好,衣食无忧。但她跟小林实在谈不到一块去,两个人兴趣爱好什么都不一样。小林喜欢看篮球赛、足球赛、羽毛球赛、排球赛,菁菁喜欢看偶像剧、综艺节目、明星真人秀。小林喜欢听欧美音乐，菁菁喜欢日韩歌曲。小林喜欢谈论社会经济、军事政治，菁菁喜欢研究星座命理、明星八卦。小林喜欢吃咸的，菁菁无辣不欢。小林喜欢早睡，菁菁喜欢熬夜看电视剧。小林睡觉打呼噜，菁菁睡觉磨牙齿。两个人相互受不了对方。

其实，大多数夫妻都有许多习性、爱好不合之处，天下哪有两片完全一样的树叶？但因为他们彼此相爱，相互容忍，所以这些都不是大问题，都可以忽略，都能开开心心过下去。可问题是，菁菁和小林并不相爱。不过是父母逼婚逼太紧了，无路可走，将就凑合，领了结婚证。

因为彼此无爱，什么细枝末节的不同、缺陷都能被放大无限倍。每日同床异梦、口是心非。

一开始还彼此礼让，有问题都是小吵小闹就算了，后来渐渐地，三天一小吵，五天一大吵。什么鸡毛蒜皮的小事都能吵起来，吵到天翻地覆，摔盘子砸碗。

每次大吵完，菁菁回娘家哭诉，菁菁妈妈跟小林妈妈打电话，小林妈妈给小林打电话，小林去请菁菁回来。但过不上一个礼拜，又吵架，鸡犬不宁。

以为生了孩子会不一样，哪晓得生了孩子变本加厉。

小林说：“别以为生了孩子我就会让着你。”

菁菁说："你以为我想生这个孩子？"

小林说："你就不能温柔点，像个女人？"

菁菁说："你还跟我吵？你是个男人吗？"

互不相让。狗咬狗。

谁都不管孩子，只能菁菁妈妈和小林妈妈轮流过来照顾。两个人当着父母的面照吵不误。终于，闹得不行，闹翻了天，怎么劝也劝不住，离婚了。

孩子归谁？都不要。

小林说："我要回上海了，要这孩子干吗？我婚也结了，孩子也生了，该我做的都做了，你们还有什么不乐意的？"

这话是跟他爸妈说的。

菁菁说："你不是要我赶紧结婚、生孩子的吗？你不是说，过了这岁数，身体就不好生小孩的吗？我现在生了，你养吧。我不养。"

这话是跟她妈妈说的。

妈妈说："这是什么话！你这是在跟妈妈赌气了？"

菁菁说："没有。我是在跟自己赌气。"

菁菁气的不是妈妈总指示她干这干那，气的是自己，为什么一切都听妈妈的安排，一点主见也没。从中考后要上哪所高中，高中分文理班选哪个科目，大学志愿填什么学校、什么专

一天三顿在三个不同城市吃饭，甚至前一天晚上在这个国家，吃完晚饭飞去另一个国家，来不及倒时差，接着吃晚饭。

不是感情淡掉，而是经历太久，越渐平淡，像迟暮的美人讲述动荡的青春。曾经紧握在手心的，时刻心慌意乱的，终于都过去了，往事如流水。不是不堪回首，是不忍回忆。

业，出来要找什么工作，跟哪个男的相亲，和谁结婚，要不要生孩子，这些年来，菁菁走的每条路，一步一步，都是妈妈给她铺好的，脚印踩在哪儿都给她预设好了，分毫不差，她照做就行。

她的生活是被妈妈一手安排好的，也是被妈妈一手毁掉的。

妈妈说："你怎么这么不负责任？都27岁的人了，还当自己是小孩呢？孩子都生了，还离婚？你羞不羞？你有没有良心？你们离了婚，叫孩子怎么办？你们太自私了！孩子才这么小，就没了爹妈疼爱，多可怜！也不想想孩子！也不怕被单位里的人笑话！女人离了婚，日子不好过！没个男人在身边，什么都得自己受着。你看妈妈这些年来一个人，容易吗？你是单亲家庭长大的，最知道单亲家庭孩子的苦，你忍心让斌斌也受这份苦？他年纪还这么小！你这当妈妈的太狠心！"

说着就要掉眼泪。

菁菁有气无力地说："妈，我顾不了那么多了。你让我对孩子负责任，那谁对我负责任？我现在只想对自己负责，管好自己。自己都顾不来，怎么还去顾孩子？"

妈妈哭："那你还生孩子！不负责任！不像话！我怎么教育你的？"

菁菁苦笑说："不是你让我生的吗？不是你说，赶紧生孩子，岁数大了不好生吗？我到今天这地步，不都因为听你的话吗？妈，我都不知道自己像个什么东西！你生我，就像从店里买回来一个娃娃，想怎么摆弄就怎么摆弄！妈，我不是你买回来的娃娃！我是个活生生的人啊！我有我自己的人生，我有我自己的想法，我有我自己的路，你能不能别干涉我，别控制我了？我又不是木偶！你让我自己过日子，不行吗？求你放过我吧！”

妈妈气得浑身发抖，说不出话来。

孩子还小，法院判给了菁菁。但菁菁不管，交给妈妈。妈妈要上班，顾不过来，跟小林爸妈轮流带。一三五跟菁菁妈妈，二四六跟小林爸妈，礼拜天两家一块带。幸好两家的老人还是很相亲相爱的，都搞不懂年轻人想些什么东西，说离婚就离婚，大骂他们不负责任、没良心。

小林回上海工作了，连着好几年都没回家，过年也不回来，打电话就说公司要加班，忙不过来。只每月寄钱回来。

菁菁辞了单位的工作，离开了小镇，只身去了北京。妈妈不让她去，说北京太大、太乱，一个人去不放心。菁菁挥手说：“妈，得了，你别为我好了，你为斌斌好吧。从前花在我身上的心思，你省省，花在斌斌身上吧。我不想留在家里了，我要出去走走。能不能找到工作再说，北京那么大，工作机会那么多，我又不是个懒人，饿不死的。我要是找到工作了，再给你打电话。你别打电话给我了。以后我的事我自己做主，你别操心了。妈，我不是小孩子，我长大了，你放过我吧。”

在去北京的火车上，菁菁无聊刷手机，看到小耿发照片，他创业拿到投资，从 3 个人的小团队，现在组建了一个三十人的公司，都上市里新闻了，被评为年度十佳杰出青年。照片里，小耿西装革履，仪表堂堂，特别帅气。

菁菁叹口气，眼泪滚滚而下。

要是当年和小耿在一起了，会是现在这个样子吗？至少小耿能逗她开心。至少她和小耿是彼此有好感的。算了，回不去了。能怪谁呢？怪妈妈？不，只能怪自己。一步一步，都是自己走的，怨不得别人。

菁菁在北京玩了一个礼拜，散散心，然后找了份网络运营的工作。钱不多，勉强够生活。她很少再回家。过年也只打个电话回去，和小林一样。不想回了家，见了各位亲戚，要么是同情可怜，要么是想再给他们介绍相亲。累了，不想再相亲。错过了一次，不想再连着错第二次。

感情的事，顺其自然吧，不强求。能遇上喜欢她的、接受她这种情况的，再好不过。遇不上，就算了。一个人干干净净的，也挺好。谁说非要结婚？人生在世，不是只有一种活法。

菁菁现在觉得，不被人安排、不被人控制的生活，想怎么过就怎么过，真开心，真自在。长这么大，第一次找到自我的感觉。真好。

春节时候，我的一个女生朋友跟我抱怨，说她家来了个熊孩子，把她家搞得天翻地覆、鸡犬不宁，东西随便拿、随便扔，鼻涕到处擦，随地吐痰，吃饭站在椅子上用手抓，满手油腻就去蹭沙发，一点家教都没有。

我随口问："哪来的熊孩子？"

朋友说："我表姐的孩子。"

"你表姐也不管管？"

"她和表姐夫离婚了，都不管孩子，是双方的家长在带。偏偏都没退休，都要上班，孩子今天跟奶奶，明天跟外婆。大人们忙着上班，没工夫带，就把孩子关在办公室里自己玩。说可怜也可怜，都是一帮没责任心的大人，带出来的熊孩子也是一点教养都没有，烦死了。"

然后，朋友给我讲了她表姐菁菁的故事。

还没来得及拥有，就已经失去

范范是上海一家书店的活动策划负责人，很早就联系我去他们书店做活动，顺便宣传我的新书。碍于当时前一本书已经出版很久，早过了新书宣传期，而下一本书刚交稿，编辑才开始看。出版社三审三校，起码还要两三个月才能上市。青黄不接，于是暂缓。

新书上市后，范范再来联系我去做活动，我二话不说答应。

那天上午，天气很好，阳光灿烂，范范开车到闵行来接我。我们只在微信上聊过，还没见过面。以为她年纪不小，谁知是个青涩小女孩，短发齐刘海，像通俗小说里的女主角，穿白色衬衫，戴一条玉坠项链，很大学生的打扮。长相颇有混血儿的感觉，五官深刻，眉眼之间特别有味道，不像我们汉族人，但也不像外国人。

我问她是不是混血儿？

范范说不是，只有点维吾尔族的血统，奶奶是维吾尔族人。

我问她多大年纪。

范范说 1993 年的，23 岁了。

语调轻扬，特别骄傲。

确实，年轻就是骄傲的资本。韶华易逝，羡慕不来。

车子停在路边。范范说她驾照还没考，让家属来接了。

以为是她爸妈，谁知上了车，坐了后座，发现前面坐着个年轻小伙子。见不着正面，只从车内后视镜看到他的眼睛，干净纯澈，涉世之初的模样。打招呼说话的声音也年轻稚嫩。

我问范范："这是你男朋友，还是你老公？已经结婚了？"

"我老公。结婚了。去年十一领的证。今年春节回老家补办的婚礼。最早联系你的那会儿，我们还没领证呢。"

"挺早的呀。"我感慨，"他多大岁数？"

"跟我一样大，也是 1993 年的。我们是大学同学，不过不是一个学院。"

"去年刚毕业？一毕业就结婚了？这么早？"

"反正过法定年龄了，不早点结婚干吗。"

不由得要赞叹：现如今的年轻孩子真是果敢而独立，想到了就去做。不扭捏，不做作。

换了好些年前，我们那个年代，喜欢一个人，都是藏着掖着不敢告诉对方，不敢叫人知道，偷偷地，放在心里不显露山水。就算谈恋爱，也是地下恋情，不好意思公开，生怕给人见了会笑话。内敛得过分。

范范的老公开车送我们到书店附近的商场。范范说："我们先吃饭吧。他公司还有点事，要加班。回头下午活动完了，他再过来接我们。"

下车时候，终于见着那男生的庐山真面目，挺白嫩俊俏的，就是胖了点。个子跟我差不多，不到1.75米，但体重估摸着，怎么也有80公斤了。这个年纪就这么胖不是好事，有碍健康的。若是瘦下来，脸型会更好看更秀气。

吃饭时候，范范问我下午的活动准备讲什么，我把提纲一一说给她听。

其实我的性格并不适合在人前演讲。人太少了，我会尴尬。人太多了，我会紧张。总之是件麻烦事。我更适合一个人安静写作。我是写作者，不是演说家。同是语言表达，两者大不相同。写出来的文章可以一改再改，最终交稿的文章和初稿完全不同。说出去的话，一张口就收不回来，不能修改，难免紧张，怕说错，被人笑话。一紧张，更容易说错话。一说错话，更紧张。恶性循环，最终讲的内容和之前准备的，大相径庭。

但出了书，总要出来宣传的。这年头酒香也怕巷子深，市场太大，干什么都得做广告宣传。你不好好宣传，出的书没人知道、卖不出去，稿费少了是其次，最关键的是前途危难，极有可能编辑看你前一本书的销量太差，再不给你出下一本。出版社不能做赔本的生意。那我就惨了。所以必须要出来做活动，提高曝光率。不会演讲硬要演讲，实属无奈之举。

范范听了我的演讲提纲，帮我稍作修改，说这样互动效果更好。

这事我不精通，她有经验，就照她说的改。

聊完公事，我随口说："你老公挺帅的，就是有点胖。瘦了会更好看。也会更健康。"

"你也这么觉得?"范范说，"你猜他多少斤。"

"一百六?"

"一百七！他都胖在肚子上、大腿上，一团肉。去体检，医生说他有点高血压。"

"刚大学毕业就有高血压？他要多吃点水果蔬菜。尤其芹菜和洋葱，降血压的。"

"不光吃，还有锻炼。吃完散步，晚上跑步。我监督他，陪他跑。就在我们小区里，绕着小区楼房跑。不跑不行啊，之前觉得胖点也没什么，男生壮实点才有安全感，谁知道都高血压了，差点脂肪肝。我可不想这么早就守寡，逼着他减肥锻炼。必须瘦下来。"

我笑了，到底是年轻孩子，说话也没点忌讳。

“你们怎么认识的？”我问，“是学校里的社团联谊会吗？”

认识不少校内情侣都是联谊会认识了交往的。

“不算吧。是老乡过生日。我跟他是一个高中的，我们都是南京人，但高中时候并不认识，学校太大，那么多班，哪会见过？大一寒假时候，一个高中同学过生日，他跟那个同学是死党，我们俩刚好坐一桌，就相互介绍了一下，发现我们大学同校。开学后回学校，好几次偶遇，觉得挺有缘的，慢慢熟起来，就交往了。”

“你们之前谈过恋爱吗？”

“没有。两个人都是初恋。我高考后有跟一个男生暧昧过，但只是暧昧，手都没碰过，不算数的。真正恋爱的，就他一个。他也就我一个。”

“恋爱一次就结婚了？没想过再试试别人？”

我开玩笑。其实想说：真羡慕你们一击即中，运气太好。总是恋爱了再分手，幸福了再受伤，寻寻觅觅，却始终找不到那个对的人，又心存幻想、不肯死心，情绪波动像过山车，忽高忽下，很累的。

范范摇头：“没想过，很早就认定对方了，不然也不会结婚啊。”

“但是，世界那么大，那么多帅哥美女，一辈子就死盯着一个，不会觉得有点可惜吗？虽然直达终点，却少了一路的风光无限。毕竟你们还年轻，机会很多。”

“不会的。认定一个人的话，是不会想再和别人尝试的。一点好奇心也没有。再帅的男生对我也没吸引力。”

这话挺有意思。

“当时谁追的谁？”

“他跟我表白的。有天下大雨，我上课没带伞，回来淋湿了，感冒了。他就一直在电话里劝我休息一会儿。我那天作业特别多，忙了一晚上没睡。第二天早上，我感冒还没好，发高烧，他跑到我们寝室楼下，跟我表白了，说喜欢我，要跟我处对象。”

“这不是乘虚而入吗？”

“我也这么觉得。”

“你答应了？脑门一热？你当时脑门是很热吧？”

“当然没答应。我说，等我感冒好了再说，现在头晕。不过也算是默认了，感冒好了，就正式在一起了。交往很久，人品性格都摸清楚了。他很老实，不是那种油嘴滑舌的人，也挺会照顾人，时不时就给我买零食。我寝室里总是堆满了他买的各种零食，话梅、瓜子、果冻、牛肉干、薯片，满桌子都是。刚吃完他又给我买一大包。他也喜欢吃零食。有时候他吃了什么觉得很好吃，第二天立马给我买过来。”

“敢情你就是个吃货，喂点小零食就被收买了。”

“我们都是吃货。放假了就喜欢各处吃。但我吃不胖，他很容易胖。他喝水都胖。”

“直到毕业结婚，中途没吵过架，没分过手？”

“怎么可能不吵架呢。吵也吵过几次，但不会动摇根本，都是些小事情，他都会让着我。就算一开始吵起来了，过一会儿都是他来道歉。我也是嘴硬，心里都听他的。我们很早就认定要跟对方过一辈子了。双方父母很早就见过面，相互认可。我大三寒假陪他回家过年，他爸妈和亲戚给我红包，我都收了。晚上住他家，跟他睡一张床。他爸妈把我当儿媳妇。我把他带回家，我爸妈也把他当女婿。”

“那倒是很和谐。”我想起问，“你们不是南京的吗？怎么到上海来了？”

“一开始我是准备在南京找工作的，他准备考研。我投了很多简历，结果被上海这边一家书店通知面试，当时觉得南京到上海也不远，就来试试，谁知就面试成功了，过来做。我六月份毕业，九月份才上班，之间两个多月一直跟他在外面玩，各地旅游。他光顾着陪我玩，没好好复习，干脆就不考研了，也来上海找了份工作，做新媒体推广。工作定下来，我们就领证结婚了。”

“他工作很忙吗？今天周末也要去公司？”

“做新媒体的都这样，一天到晚加班，我都习惯了。”

“你们打算生小孩吗？”

“暂时没这个打算。过两年再说吧。不急。孩子的问题，我们听天由命。要是怀上了，就生。要是没怀上，就算了。不过暂时没准备怀孩子。要是到时候想生不能生，就去试管婴儿。试管婴儿也不行，大不了就领养。如果试管婴儿的话，最好一次性来两个，双胞胎、龙凤胎都行。反正也是要生，还不如有效率点，省得痛两次。最好是一男一女，儿女双全，或者是两个女孩子。这年头两个男孩子可真养不起。”

“你倒是很有规划。爸妈不会让你们趁着年轻赶紧生一个吗？”

“不会。爸妈都说随我们。反正我们才 23 岁，先努力工作，趁着年轻多奋斗。就算我们 33 岁不生小孩，他们也不会过问的。只要我们小两口开心，他们就开心。”

“倒是挺开明的父母。”

打心眼里羡慕这对 93 年的小夫妻。不是羡慕他们这么早就结婚，早结婚的太多了，不少是被父母安排相亲，随便挑了个条件不错的人，不喜欢不讨厌，凑合着过日子。那太压抑。不少后来闹得合家不宁的，甚至生了孩子再离婚。范范和她老公是自由恋爱，早早认定了彼此，真正过上幸福快乐的生活。我羡慕他们在如此漫长的人生中，能如此之早就遇上能信任一生的人，决定执手共进。这种运气，世间少有。

吃过饭，我们到书店准备活动。

那天下午的活动效果还算不错。我本是默默无名的小作者，能吸引二十来个路过的陌生人听我演讲，听完当下就在书店买了我的新书找我签名，甚至有几个当妈妈的带着小孩找我拍合照，也算小小的成功。很欣慰。

所以一个多月后，范范又来联系我，提前约好，让我下一本书出版后，再去他们书店做活动。我一口答应。

“告诉你一个好消息。”范范说。

我以为是我的新书在他们店里卖光了。人总是先想到自己。

“我们有小宝宝了！”

“你怀孕了！”发自内心地为她高兴，这是爱的结晶，而非传宗接代的产物，“多久了？什么时候的事？”

“按最后一次来月经算，差不多快两个月了。等两个月的时候再去查一下，之前去查太早了，还没胎芽、卵黄囊。”

我不懂她说的什么卵黄囊，只是纳闷：“两个月？敢情上次我们见面的时候，你说要不要孩子听天由命的时候，你肚子里已经有将近一个月的胎儿了啊。”

她嘿嘿笑，那时候自己也不知道，还是后来发现月经推迟很久，心想该不是怀孕了吧？买了验孕棒测试，真怀孕了。

觉得无比荣幸，见证了一对幸福的小夫妻有了自己的孩子。

“你们运气太好了！太幸福了！”

怀孕后的范范被书店的同事们捧成了小公主，店长大量减轻她的工作负担，让她多休息，最近活动就不用她负责了，一点力气活都不用她干，其他同事代劳。

范范说：“哪就要这么娇贵了？才两个月呢。等我肚子大到什么也不能干的时候，会主动要求休息的。”

所以平常工作还是照干不误。

灿灿，范范的老公，自然倍加贴心。每天开车接送范范上下班。一次也舍不得她挤地铁。

从前下班回来都是在外面吃饭，小区附近的餐馆随便找家吃了，厨房很少动火。如今灿灿也学着网上的菜谱给范范炖汤了。灿灿的厨艺还真不错，每样菜都做得很美味。还天天换花样。

星期一，鲫鱼汤，非常鲜美。

星期二，乌骨鸡汤，很温补。

星期三，南瓜汤，很清淡，很清甜。

星期四，玉米排骨汤，香甜爽口。

星期五，蛤蜊海鲜汤，范范吃完就吐了，大吐不止。

她从前很喜欢海鲜汤的。怎么会吐？食材坏了？不会啊，灿灿尝过，没问题。那是怎么了？说不清楚。触发了孕吐？

从那之后，范范再吃不上灿灿做的美味佳肴了。之前一直没什么妊娠反应，现在开始孕吐，清早吐，晚上吐，吃饭前吐，吃饭后吐，尤其闻到鱼腥味海鲜味的时候，吐得最厉害。吐了一个礼拜，整个人都虚了，精神恍惚。

人家怀孕都胖了，范范还没开始发胖，就越吐越瘦，像竹竿。食欲很差，什么都不想吃。很慵懒，常常有气无力。总是犯困，想睡觉。

跟店里请假，去医院检查。医生说，胎儿的个头有点小。快四个月了，还跟两个月的时候差不多大，不太正常，孕妇需要加强营养。

灿灿不放心，打电话给妈妈。妈妈当晚就从南京坐高铁过来，从此每天照顾范范起居饮食，变着花样给她做最合口的、味道好吃的、清淡又有营养的菜式。

有婆婆的悉心照顾，范范的胃口渐渐好起来，吃得多了，精神好了，孕吐也没那么严重。灿灿松口气。和范范商量要给孩子取什么名字。

医院是不允许告知婴儿性别的，所以男孩名字、女孩名字都得准备。

翻词典、翻通讯录，四处借鉴，想到的都是些很老套的名字，男生叫：佳乐、昊天、益帆、宇涵、跃先，女生叫：思瑶、曼英、怡馨、雨晨、慧敏。

范范问我："你有没有什么好名字？"

我让他们去翻四大名著。尤其《红楼梦》，里面很多人名，看到喜欢的名字就挑出来，拆开了再排列组合，总能找到心满意足的。

一个月后，在范范和灿灿找到心满意足的名字之前，范范流产了。

她连着腹痛了好几天，并不很痛，轻微的，忽然的，毫无预兆，来了一阵又不见。周末去医院做检查，医生说，胎儿还是两个月前的大小，已经停止生长。

范范问医生什么意思。为什么会停止生长？

医生说，已经是死胎。胎死腹中，需要人工引产，不然对准妈妈的身体伤害很大。

准妈妈？多讽刺的一个词。都成死胎了，还怎么当妈妈？

范范说，怎么会是死胎呢？会不会看错了？明明有感觉到胎动的。

没出生，就死了。名字都没起。

还没来得及拥有，就已经失去。心痛是双倍。

医生说，造成死胎的原因有很多，可能是胎儿先天不足，遗传基因有问题，也有可能是孕妇子宫环境不好，胎儿缺乏养料或氧气，或者孕妇营养不良等等。一时间也不能确定。

灿灿安慰她："没事，以后还会有孩子的。别哭。"

范范想说，我偏要这一个。

没孩子的时候，觉得一生不孕也无所谓。怀了孩子，就非他不可，别的再好也不行。

女人的子宫是通往心的。在子宫扎过根的，无论爱侣还是子女，心里也有一块与之对应的独占角落，遥相呼应。这位置不可转移、不能替代，就算人没了，地方也为那人永远空着，吹风日晒，干涸龟裂。

流产后，范范请假在家休息。手术对身体伤害很大，需要卧床静养。但心理的伤害更大，只怕再静养也不能复原。从前范范明媚活跃，爱说爱笑，现在整天躺在床上，不说话，也没有睡，只是看着窗外发呆。

窗外有棵树，树上有个鸟窝，窝里有三个蛋，蛋孵化成小鸟，小鸟叽叽喳喳叫，鸟妈妈出去觅食，衔着虫子从远处飞回来，一一喂它们。

世上只有妈妈好。她不是个好妈妈。

灿灿妈妈以为范范在房里睡了，跟灿灿说："我就说，姑娘家太瘦了不好，孩子怀不上，怀上了也难保住。叫她多吃点她不听。”

“妈，你别说了。”

“我这不也是为你们好吗？”

“妈！你别说了！”

第二天，灿灿让他妈回南京了。妈妈是来照顾范范怀孕的，现在孩子没了，怕范范见了刺心。

屋里又只剩下小两口，特别安静。一个家太安静了，绝对有问题。

晚饭后，灿灿说：“出去走走吧。陪我散散步。好几天没出去了。”

范范开始孕吐后，他们晚饭后就不再出门散步了。有时候灿灿一人出去跑步，但大多数时候在家里陪着范范。

范范说：“我不想出门。”

灿灿顺从：“那就不出门。”

小夫妻相顾无言。范范索性撇过脸去，洗澡上床，背对灿灿。

恢复上班后，范范还是一蹶不振，笑也不笑。同事们都知道了她流产的事，不敢轻易打搅她，工作的事也都尽量代劳。

她没事可做，也不想做，便常常一个人坐在角落发呆，看窗外。

窗外有个妈妈推着婴儿车在打电话。路过的人朝婴儿车里看，应该是个很可爱的小孩，路人停下来扮鬼脸哄小孩。

失去一样从没拥有过的东西，不仅失去了本身，也失去种种与之关联的幻想。婴儿车，什么颜色的好看呢？小孩是喝奶粉好，还是喝母乳好？什么牌子的奶粉好？要不要代购国外奶粉？

范范变得消沉。

死去的胎儿成了她无法释怀的一件事。

有时候灿灿对她稍微亲密些，碰到她的手，她就会猛地躲开，仿佛身边人不是她心心相印的老公，而是一只丑恶的癞蛤蟆。

灿灿问她怎么了。

范范总说："没事。"

明明有事。

女人总是口是心非，伤心的女人尤其是。嘴上说"没事"，内里已经千疮百孔。

不是"没事"，是说了也无济于事。你不能明白我的心思，只会自以为是地说一通并不起效果的安慰话，我还要装作被安慰到的样子，对你感激万分。不然你就会继续说下去，叫我更心烦意乱。麻烦。不如简单说一句：没事。

但日子久了，灿灿也会生气。

“你怎么了？”

“没事。”

“为什么不让我碰你？”

“我没有。”

“还说没有。我们都结婚了，如果你不想，可以跟我直说。我不会强迫你。”

范范无言，很久才说：“我不想。行了吧？”

灿灿生气，从柜子里翻出一床被子睡客厅沙发。婚后他们第一次分房睡。

灿灿没睡着，他为他们的婚姻担忧。

范范没睡着，她一如既往想着那个胎死腹中的孩子。孩子的 B 超照片还在枕头底下，黑乎乎的影像，一个模糊的小小的人形。当时范范没找到孩子在哪儿，灿灿指着屏幕说：“你看，这是头，这是身体，这是腿，看到吧？”还真是腿！范范激动哭了。不敢相信肚子里有个孩子。有个缓缓生长的新生命。

现在也不敢相信，孩子就这么没了。世事难料。

一早，范范醒来，灿灿坐在床头看她。四目相对，眼神里没了从前的温存，取而代之的是一种隔阂，仿佛眼前人远在千里之外，遥不可及。

“你醒了？”灿灿说。

范范睡得昏昏沉沉，头昏脑涨。这些日子总做些乱七八糟的梦，哪能睡好？

“你想离婚吗？你想离婚的话，我们可以谈。”灿灿说。

范范不明所以，别过脸去。

“你整天不许我碰你，也不说话，不就是不想和我过了吗？”

比起不让碰身体，灿灿更难过的是，范范不让他碰她的心。同床共枕，也同床异梦，他不知道她在想什么。

范范不说话。

“咱们离婚吧，房子、车子都归你，我回南京。”灿灿说。

范范憋不住了：“你什么意思？”

“终于说话了？金口难开啊。”灿灿眼睛湿了，男儿当自强，不过是忍着不哭，“应该我问你，你什么意思？你这是要好好过日子的意思吗？咱们还算是两口子吗？”

“孩子没了，我伤心还不行吗？人心都是肉长的。孩子是我身上一块肉。”

“你的心是肉长的，我的心就不是肉长的了？你伤心，我就不伤心了？你当我是什么？孩子是你的，就不是我的了？你伤心，我更伤心，我比你还伤心。至少你还怀过他，我都没碰过他。你只顾自己伤心，我一边要伤心，一边还要照顾你。你心里只有孩子，家都不要了，我也不要了。我心里还有你，还有这个家。我伤心归伤心，还想跟你把日子过下去。你什么意思，是不是只顾着伤心，日子也不想过了？你眼里心里还有我这个人吗？还有这个家吗？”

范范沉默不语，呆呆地望着窗外。

窗外的小鸟叽叽喳喳叫。

窗外的阳光好刺眼。

灿灿的话很刺心。

“咱们离婚吧。”范范说，“离婚算了。”

年轻人血气方刚，气头上说气话，想一了百了。

灿灿苦笑了下：“好啊，离婚。反正这日子没法过了。”

一碗冷水结冻了。这家里再听不到别的声音。

办离婚手续的前一天，范范要去苏州出差，联系一个线下活动场地。本来店长安排了别人，不想累着范范，结果那同事家里临时出了点事，走不开，范范说：“我去吧。本来就是我分内的事。不好意思再麻烦大家。”

店长说：“也好。出去散散心。”

刚好灿灿这天休息，开车送她去苏州。很近，一个来回就当自驾游了。之前他们经常在江浙沪一带自驾游。高速公路上，两人有说有笑，吃吃喝喝，背包里塞满零食。这次一路安静，一句话也不说，没有零食，没有对话。

回不去了。婚姻破碎。离婚在劫难逃。

回来的时候路过寒山寺。范范让停一停，她想进去拜一拜。

“你不是不信这个吗？”灿灿说。

“来都来了，拜一下吧。不用多长时间。”

几个月前，灿灿来苏州出差，范范一块过来，路过寒山寺，从不信佛的范范坚持要进去拜一拜。她说：“是给孩子拜的，希望孩子健康平安。”灿灿就跟着拜了。

这次，范范又拜了。和上次一样虔诚。下跪，磕头，双手合十，闭目。

心中默念：“希望孩子在地下平安，不要受苦受罪，早日投胎。妈妈对不起你。”

范范是无神论者，从不信这个。有时候爸妈说什么鬼怪、轮回、死后、天堂、地狱之类的，她便嗤之以鼻，说是迷信。但这会儿，她跪在金闪闪的佛像前，情不自禁说出这番话来。她心里有愧，觉得对不起孩子。

一旁的僧人在整理佛经卷宗。范范看到很多空白的卷宗，问：“这是干什么的。卖佛经吗？”

僧人说：“这不是贩卖，是寺里免费的抄经活动，香客的功德捐赠的。可以自行领一卷回去，上面印有浅色的经文，照着抄录即可。抄一张，就要念一张。一卷十五张，抄完后寄回寺里，会有高僧诵念焚化，封印在高层的塔里。”

范范问：“我能领一卷回去抄录吗？”

僧人说：“当然可以。”

灿灿说：“你不要随便领回家。寺庙里的这种东西，都是有佛性的，你不信也得信，一定要虔诚。带回去了要是不好好抄录，就是亵渎了。”

范范说：“我会很虔诚的。”

灿灿不以为然。

范范说：“领回去抄录，就当给孩子往生超度。一份心意。”

灿灿默然，他也不信这个，但他和僧人说：“我也领一卷。”

信不信没关系，心诚则灵。就当自我安慰。

回到上海后，范范放下行李，趴在桌上开始抄录。恨不得当晚就把十五卷佛经都抄录完。因为要虔诚，不能写太快，横撇竖捺，一笔一画都不能错，写得很慢，像小学时候的描红。

灿灿说：“就算虔诚也不用今晚就写完吧。这么着急干吗？”

范范说：“明天就要去办离婚手续了。趁着夫妻一场，还来得及给孩子送最后一路。”

灿灿叹了口气，也开始抄录佛经。一笔一画，十足虔诚。

一直抄录到凌晨三点，终于抄完，且一一念诵。

“洗洗睡吧，一早我就去邮局寄了。”灿灿说。

洗完澡，灿灿准备睡了，范范说：“你别睡沙发了，睡床上吧。我想抱抱你。再过几个小时就要离婚了，以后想抱也抱不到了。”

流产后，他们第一次拥抱。一边抱，一边哭。

范范说：“孩子的事，是我对不起你。我只顾着自己难过。你也难过。”

灿灿说：“我明白。我明白。”

“这两卷佛经能送他超度吧？”

“能的。一定能的。”

“那就好。他平平安安，我也放心了。不然总觉得对不起他。”

“没有对不起他。是我们和这孩子缘分不够。谁也不能怪。我们也想疼他。”

“是。我也想疼他。我们都想疼他。是缘分不够。”

“没事了。没事了。”

夫妻俩哭着，抱着，吻着，缠绵。久别重逢的温暖和情爱。两颗心都在颤抖。

一早醒来，范范说："把佛经寄了吧。"

灿灿说："好。"

范范说："要不咱们别离婚了。"

灿灿点头："好。都听你的。"

范范再来找我，时隔很久。她已经放下过去的事："已经没有的，再伤心难过也没用，日子总要过下去。总不能为了过去的事，难过一辈子。太执着了，会伤害自己，也会伤害身边的人。"

她很坦然地告诉我："引产的时候，医生把孩子从我身体里拿出来了，但没有从我心里拿出来。我一直对孩子心怀愧疚，我怀着他，都没好好爱过他。那一团血腥的红肉团取出来，我看都不敢看，怕做噩梦。流产后，我一直失魂落魄，心里空荡荡的，脑子也不清楚。直到那天在寺里领了佛经回来，晚上我一边抄录一边哭，眼泪都滴在佛经上。也不知道那些高僧念的时候，能不能让孩子泉下有知，晓得我的苦心，晓得我对他的爱。但至少，我心里解脱了，压抑的情感都宣泄出去了。总算为我的孩子做了点事。不管他知不知道，我知道就行。我问心无愧了。从前春节祭祀我都不当回事，现在每次回家祭祀，我都会另外给我孩子烧点纸钱，图个心里安慰。都说死人不知道，不过是做给活人看的，但做与不做差别很大。要是没抄那两卷经书，给自己一个情感宣泄，我和灿灿已经离婚了。因为解不开孩子的心结，过不去那道坎。现在，我们又有孩子了，也是意外惊喜，没想到的。但我会好好照顾这个孩子，好好爱他。”

范范摸着凸起的小腹，那里是一个已经有五个月的小孩。她很幸福地笑着，十足母性，比上次见面胖了大概三十斤。一边说话一边吃巧克力蛋糕，下巴沾了奶油。医生说她太瘦了，不容易受孕。之前流产过，要好好调理。现在又有了孩子，怀孕太急，更要加强营养。

算算时间，我这本书上市的时候，差不多是范范的预产期。希望她这个孩子平安健康。我这本书、这篇文章，可以当作给她的礼物，作为对那个孩子的纪念，和对这个孩子的祝福。祝他们一家三口幸福快乐，健康平安。

我现在只想要回我女儿

32 岁这年，阿何忽然很想结婚。急切地想在一年内把自己嫁出去。

她想结婚，不是因为爸妈逼婚。爸妈都随她。早几年不是没逼过，说多了女儿厌烦，差点离家出走，何必呢？就不说了。年轻人有他们自己的想法，由她去。

也不是因为同学聚会见老同学们都结婚生小孩了。阿何一点也不喜欢小孩，太聒噪，太麻烦，吃喝拉撒都要人照顾，整天哭哭啼啼，鼻涕眼泪随处抹，脏死了。她才不想变成那种整天“我家宝宝”的黄脸婆，成天绕着孩子转，没点私人空间。

更不是因为觉得自己年纪大了，怕等不及。32 岁，大好的时光，年轻着呢。

而是心累了，想安定下来了，想有个家，想回了家就有人陪在身边。不用多说什么，你陪着我，我陪着你，安安静静，彼此伴随。

阿何是做市场推广的，经常出差，早出晚归，整天这边跑、那边跑，见不同客户，说不同话。常常一天三顿在三个不同城市吃饭，甚至前一天晚上在这个国家，吃完晚饭飞去另一个国家，来不及倒时差，接着吃晚饭。

这天下午，阿何出差完，坐高铁回上海，路上看着车窗外发呆。成排成排的绿树渐次往后退去，远处的新楼盘一簇一簇。身边的年轻夫妻共吃一份炸酱面。肉酱的香气逼人。

阿何忽然很想结婚。想有人同吃一份炸酱面。你喂我，我喂你。虽然肉麻，但很向往。

这些年来，阿何第一次有这份情绪。非常强烈。从来没有过的。之前也有累的时候，但都是暗流涌动，表面风平浪静，过去了就过去。这次是汹涌澎湃，波澜起伏，激荡高潮。

像蜜桃到了成熟的季节。再不摘就要烂掉。

从前时机未到，阿何一直不把婚姻当回事，觉得一辈子不结婚、不生小孩也没什么大不了。这次，她想结婚了。很想很想。恨不得立即去登记。就差一个男人。

回到家，阿何问同居三年的男友：“你想结婚吗？我想结婚了。”

男友莫名其妙，问她怎么了。

阿何说：“没什么，就是想结婚了。你要娶我吗？”

“什么啊？”男友不明所以。

“要，还是不要？给个确切答复。”

话逼到枪口。千钧一发，蓄势待发。

男友支支吾吾，说：“我暂时还不想结婚。还没作好准备。”

三年了，还没作好准备？哄小孩呢？都34岁了，你要到猴年马月才能准备好？等到我的卵细胞都死掉的那一天？玩我呢！

“算了。”

阿何一气之下说了分手，雷厉风行，毫无转圜的余地。连夜收拾衣服，搬东西走人，夜里住酒店。男朋友没有拦她。怎么拦？阿何只问他：“要不要娶我？”他没办法说“要”。

事后回想，当时似乎太冲动，但情绪上来了，就是很想结婚。他是她唯一的选择，但他叫她失望了。阿何很生气，也很丢脸。三年的感情就这样分手。功亏一篑。两个人再没有任何联系。

也许都曾有过再续前缘的念头，但也是一晃而逝的幻想。事情已经发生，骑虎难下，万分尴尬。只能忙不迭地往前赶，再回不去。各人都有各人的未来，毫无关联的未来，阳关道、独木桥。

分手后，阿何四处找朋友介绍相亲，她要结婚。男方条件无所谓，老实可靠就行。她要一个安稳的家庭。倦鸟归巢，她要一个巢。雄鸟是其次。

朋友们都说：“凭你这条件，前凸后翘，还要介绍？去酒吧溜达一圈，不是手到擒来吗？”

阿何说：“我不要暧昧，我要结婚。”

“转性了？没见你提过结婚啊？”

“可能岁数到了吧。想安定了。”

“得了吧！”朋友不信，“是不是失恋了，受刺激了？来，姐儿们一块喝酒去。哪儿的男人不是一样钓？”

阿何不去。

真有两个同事给她介绍了几个男生，她一一见了，都觉得不靠谱。

“你们开玩笑吧？一个愤青；一个光会油腔滑调；一个吃软饭的；一个成天不说话、哑巴似的，都介绍的什么鬼？我还没到那个地步！”

朋友说：“好的她们都自己享用了，哪会轮到你？”

也有道理。不能指望这些朋友。同为女生，竞争关系。

有结了婚的同事说：“这种事，急不来的。要看缘分。你缘分还没到。”

是吗？什么时候到？什么时候能结婚？阿何很急。结婚狂的心态，别人不能懂。就像捧着一颗时刻会过期的卵子在手心，像卖火柴的小女孩一样四处兜售：“先生，要卵子吗？先生，来一颗新鲜热乎的卵子吧。求你了！”

这天下午，阿何到A市出差，办完公事，外面下大雨。哗啦哗啦，瓢泼似的，都淹到裤管了。阿何衣服湿透，浑身发抖，很狼狈。打车去机场，准备坐下一班飞机回上海。半路上忽然想起一个礼拜前有人给她介绍了个男生，就在A市这边。来都来了，要不见见？难得来一次A市，下次什么时候再来就难说了。

阿何有他手机号，给他打电话，问他地址在哪儿，这会儿有没有空见个面聊聊。男生在电话里说了住址，阿何对A市不熟，带着疑问重复了一遍，想说你怎么只说了什么路，没说多少号呢？手机忽然没电。通话中断。充电器也没电了，怎么办？

阿何问司机：“我刚刚说的那个地址，你听到了吗？能找到吗？你先往那边开吧，开到那条路看看。到那边要是没人，就再开去机场。”

碰碰运气吧。雨中初见，白蛇和许仙不也是？真有情趣。不对，许仙后来听信法海的谗言，背叛了白蛇。呸呸呸，真是乌鸦嘴。

他们去了一个三线小城镇，没人认识的地方，在那边结婚生子定居下来。

不被人安排、不被人控制的生活，想怎么过就怎么过，真开心，真自在。长这么大，第一次找到自我的感觉。真好。

司机开到那条路，因为没具体门牌号，只能顺着一条路开。开着开着，真在路边看到一个男生打着伞，模样和朋友给的照片差不多。

连伞也有了，当真是白蛇和许仙啊。

那是阿何跟小潘认识的第一天。

其实他们条件相差很多，门不当，户不对，性格脾气完全不匹配。阿何是上海女生，家境很好，个子高挑，人长得也漂亮，但一点也不娇贵，反而很上进，很努力。家里本来就有房有车，她工作多年，攒钱另外买了房、买了车，是很成功的都市白领。脾气性格很外向，很多朋友，人脉很广。

小潘是农村男孩，爸妈都是目不识丁的农民，老实巴交。他孝顺乖巧，什么都听爸妈的。在他表姐夫开的一家皮手套公司做小职员，很沉默的性子，平时很少说话，几乎不与人交流。也是 32 岁，没谈过女朋友。个子不高，1.71 米，比阿何还矮些。工资很低，勉强糊口，长相也一般，土里土气的。跟阿何高大帅气的前男友完全不在一个档次。

总之，在外人看来，他们很不配。风马牛不相及的两个人，怎么走到一起了？云泥之别。一朵鲜花插在牛粪上。

但阿何不在乎，她看重的是小潘老实靠谱，这就行了。

那天晚上，阿何睡小潘租的房子，郊区一间很小的一室户，没有别的房间，阿何睡床上，小潘睡沙发。

阿何说："我跟你说实话，我累了，不想再谈恋爱。只想结婚，有个家庭。你能接受吗？你能接受的话，咱们就相处相处试试。你要是不能接受，那就算了，不要勉强。"

小潘没说话，想了想，同意了。

他也想早点结婚，爸妈催他很久了，说他岁数不小，当年一块上学的几个同村的男生，小孩都要上幼儿园了，就他还吊儿郎当的，光棍一个。爸妈给他安排了好几回相亲，都是同村亲戚介绍的，有点裙带关系的农村姑娘。他一个也不中意，谈不来。爸妈说他癞蛤蟆想吃天鹅肉，心比天高，叫他别太挑剔，随便找个凑合得了，一样生儿育女，传宗接代。但小潘分明觉得，眼前这个姑娘很不错，可以谈谈。

第二天，A 市不下雨了，天气放晴。小潘带阿何在 A 市游玩，去了好几个漂亮景点。阿何平时工作很忙，难得出来透透气，玩得很开心，觉得小潘人品不错，很贴心，饭菜点心都会挑她合口的，值得依靠。

这天晚上，阿何说："你别睡沙发了，睡床上吧。"

明天就要回上海了，阿何不是保守的女生，觉得小潘很老实、很靠谱，是可以嫁的，反正都要结婚的，是的，两天，其实不过一天，但已经彼此决定。那么，早发生晚发生都是一样。不如给他点甜头，叫他尽早上瘾，无后顾之忧。

她想结婚想疯了。

那两天是阿何的安全期。理论上来说，应该不会怀孕。

但后来推算日子，阿何就是那天晚上怀孕的。

阿何回上海不久，小潘带着爸妈来上海见了阿何父母，四方会谈，谈婚论嫁。小潘爸妈到了阿何家里，前看后看，非常满意，条件太好了，房子宽敞，家境好，人长得又标致，眉开眼笑，恨不得立马就把婚事给定下来，生怕煮熟的鸭子要飞掉。

倒是阿何的爸爸见了小潘后，跟阿何说："他老实、本分，这是他的好处。但一看就知道，他这人以后不会有出息，工作也没前途。真要跟他过日子，你以后肯定很辛苦。将来有孩子了，孩子也不容易。不过这些都不重要，重要的是，你爱他吗？你愿意跟他过一辈子吗？"

那个"爱"字，阿何说不出口。她只是想结婚，找个老实的男人嫁了，有个安稳的归宿。

她骗爸爸："我当然爱他。"嘴角抽动。

"那就好。你开心就好。"

发现怀孕后，阿何和小潘赶紧选日子登记结婚。小潘的爸妈特别激动，生米已成熟饭，逃不掉了。祖上积德，不光来了儿媳妇，终于要抱孙子了。给列祖列宗烧香磕头，在小潘爷爷奶奶的坟前点了一大捆纸钱和元宝，烟雾缭绕了好半天。

对阿何更是好得不行，倾尽所有。以他们的家庭环境、财务经济，能找到这么个儿媳妇，自觉是三生有幸，怎么能不珍惜?

婚礼办得排场是自然的，再远的亲戚也请过来了，十多年没见过面，见了面也不知怎么称呼，只是笑嘻嘻的，来吃喜酒，出红包，看上海来的新娘子。婚宴整整摆了 36 桌。村里好多年没这么热闹了。人山人海、摩肩接踵。天气渐渐热起来，把邻居的电风扇都借过来，屋里屋外都是电风扇呼呼吹的声音，酒杯碰杯的声音，哈哈大笑的声音。

阿何虽不喜欢乡下人多太闹腾，随口吐痰、小孩随地大小便，也都接受了，嫁鸡随鸡嫁狗随狗，趁早习惯吧。她打算和小潘定居在村里，生了小孩，休息个两年再说。之前上海的工作太累了。

婚后，小潘妈妈天天炖汤给阿何滋补，老母鸡杀了十来只，门口一大块鸡血染红的地。农村人节俭惯了，平时哪舍得? 自家的 6 只下蛋鸡杀光了，又找左邻右舍便宜买了好几只，碍于刚吃了喜酒，也不便要多少钱，都是半卖半送，怪心疼的。小潘妈妈杀了鸡，拔光毛，当归、党参、枸杞、红枣、香菇，一样不落地放到锅里炖鸡汤，炖得烂烂的，特别鲜美。

还有甲鱼汤、鸽子汤、排骨汤、牛肉汤、老鸭汤，层出不穷，每天变着法子做汤羹给儿媳妇吃，更是做给儿媳妇肚里的孙子吃。

阿何天天出差在外，饭食都是应付了事，吃饱就行。因为公司报销，常常吃得很贵，味道却一般。要么是陪客户应酬，忙着谈生意，没工夫细细品尝。要么是一人独食，食之无味，很寂寞。难得有这份口福，合家同桌，有说有笑，喝完一碗汤，小潘妈妈又给她盛一碗，“多喝点，这鸡汤最养人了！”每碗汤都格外得润肺滋补，觉得嫁对了人，找对了门，下半生会幸福终老。

可是，怀孕检查出来是女儿。

大城市的医生是不许说胎儿性别的，防止有重男轻女的家长要打胎。小城镇的给医生塞两包香烟，一问就问出来了。他不直接说是男是女。他会说“孩子像爸爸”或者“孩子像妈妈”。

听到那句“孩子像妈妈”，小潘爸妈的态度就有了一百八十度的转变。真的是翻脸比翻书还快。他们还停留在重男轻女的想法上。对阿何，从一开始的宠溺，到渐渐正常，到各种婆媳之争、爱理不理、不给好脸色。阿何都不知道自己做错了什么。

夏天晚上很热，窗户开了有蚊虫叮咬，窗户关上又很闷。阿何睡不着，把空调开了。小潘妈妈一听到空调开启的声音，立马跑来关了，说："开电风扇就好。"

阿何说："电风扇不管用，吹的都是热风。"

小潘妈妈说："空调费很贵的。"

阿何说："开一晚上空调能有几块钱？"她本来不该说这话的，只是这些日子处处受气，越来越觉得小潘妈妈斤斤计较，说话阴阳怪气的，尖酸刻薄，不可理喻，太小家子气。儿媳妇怀着孩子，都不能稍微担待点吗？什么婆婆！之前可不是这样的。

小潘妈妈说："几块钱也是钱。过日子就得学会算计。不然多少钱也得坐吃山空了。"

阿何说："那这空调装了干什么？摆设吗？"

小潘妈妈说："到天气最热的时候用。"

阿何说："这两天还不够热？"

小潘妈妈说："这算什么？这天气就受不住，到三伏天可怎么好？城里来的，就是娇贵，千金大小姐，细皮嫩肉，不经冷热。不比我们村里人，皮糙肉厚，什么都受着。"

阿何说："算了，这空调费我付还不行吗？"

小潘妈妈说："你阔气，你有钱。再有钱也经不住这么显摆。”

阿何说：“我怎么就显摆了？”

小潘妈妈说：“你们有钱人啊，就是不知道节约。别得意，富不过三代。”

阿何说：“这算节约吗？这算抠门吧？什么叫富不过三代？我的孩子就是你们家的孩子，有这么咒自家孩子的吗？”

小潘妈妈不搭理，拔了空调插头，硬是不许开空调。

阿何气得一夜没睡着。热，挺着大肚子，受气，怎么睡得着？

怀孕后期，别说没了之前的美味汤肴，饭菜都是凑合着吃。阿何稍稍表示没胃口，吃不下，小潘妈妈就说她娇气、挑剔，好日子过惯了，不知粮食珍贵。

阿何孕吐，小潘妈妈若无其事，一句体贴问候也没有，恨不得阿何越吐越厉害，干脆把孩子吐没了。盼着阿何流产。省事。

背地里，小潘妈妈跟隔壁张大婶说：“反正是个女儿，生不生，有什么区别？赔钱货。浪费二十年的钱养了给别人做媳妇。这笔账谁出？”

阿何气得不行。每天都在受气。

偏偏小潘是出了名的孝子，什么都听他爸妈的。阿何说什么也不管用。

于是，在这个家里，阿何没一点地位，像是个多余的人，什么都得受着。

后悔莫及，为什么要放弃上海那么好的待遇，跟小潘来这么个破地方？为什么非得回农村，不能好好在上海待着？就因为小潘说农村空气好，环境好，方便养胎，在家有爸妈陪着，方便照顾孕妇？哪儿方便了！别说照顾，不折腾她就不错了。

这是她想要的家庭吗？一点都不是。一点温暖都没有。只叫人心寒。

生产那天，小潘爸妈都没去医院。

“有什么好看的？又不是没见过。”他们说，“生不下来才好呢。”

在门口嗑瓜子。跟张大婶说笑。

还是人吗？还有良心吗？

生下女儿，阿何的身体一度很虚弱。本来就有偏头痛，加上怀孕时候受了气，坐月子时，营养也不好，病情变本加厉，严重时会晕厥。

直到这时，小潘爸妈才知道，原来阿何身子一直有问题，经常吃中药调理。他们仿佛找到了个罪恶的源头，气汹汹地说：“怪不得你要找我儿子！我说呢，你条件那么好，我儿子条件一般般，你怎么就看上我儿子了？原来你有病！要来祸害我们潘家！不要脸的东西！”

阿何火了，心想，我只是想结婚而已，你儿子也同意了。我们两个都同意了，你情我愿的事，你们两个糟老头、糟老太有什么意见可说的？我都没挑他，你们还来挑我了！

最让刺心的还是那句：“生个女儿，有什么用？”

还有火上浇油的：“谁知道孩子是不是咱们潘家的种呢。”

阿何身子太虚，连给女儿喂母乳都不能，根本没力气和小潘爸妈吵。她心里很气：这都什么年代了？还在折腾重男轻女的这一出？什么继承香火？全世界姓潘的都死绝了，只剩你们一家吗？非要你们来遗传潘家的姓氏和基因吗？好大的责任！好大的口气！

阿何以为她找到个老实可靠的男人，会有个安稳平淡的家庭，公婆礼让，对她尊重，夫妻和谐，即便没有深厚的情谊，好歹也能平平淡淡地过下去，相敬如宾。没想到居然沦落到这步田地。一天又一天的争吵打骂，从鸡毛蒜皮的小事，到生活观念的不同，文化和代沟的差异。每分每秒都能点燃导火索。天天都在爆炸。

就算阿何想理论，也理论不过，因为小潘妈妈根本不讲理，各种污言秽语的话都能说出口，市井泼妇似的，怎么讲道理？

跟着破口大骂？阿何做不到。好歹是受过高等教育的人，不想把自己降低到那种格调。

而且他们嗓门很大，嚷嚷得左邻右舍都听见了，好像嗓门越大，就越有道理。一边说家丑不可外扬，只能把苦往肚里咽下，一边掉眼泪，大哭，好像很受儿媳妇的委屈。明明阿何什么也没干。邻居们见了，哀叹不已，纷纷责怪新来的儿媳妇不尊重老人、不懂孝道。

阿何习惯了跟人心平气和谈论业务，从来没大嗓门讲话过，就算有道理，声音也被大家的指责声淹没。每次争吵都是她哑口无言，被人数落。她是村里人尽皆知的“泼妇”。邻居张大婶背地里说她是“大城市来的懒鬼，好吃懒做，洗衣做饭啥都不干，还狗眼看人低，一肚子坏心眼，欺负公婆老实人”。

这地方不能待了。待不下去。活见鬼了。

但女儿还这么小。为了女儿，忍忍吧。

半年后，阿何忍无可忍，提出离婚，要离开这个家庭，要回上海。

如果小潘爸妈没有这么辱骂她，处处挑刺，尖酸刻薄，只有她和小潘小两口过日子，或许这段婚姻还可以维持下去。没有激情，但也幸福安稳。是小潘爸妈实在叫她受不了。像一口浓痰，呛在喉咙里，痒极了，很恶心，不吐不快。

阿何更受不了的是，小潘自始至终都不为她说一句话，不管是非对错，小潘总说："爸妈年纪大了，你就让一让他们吧。"

好像年纪大了就可以随便胡来、不讲道理了。就可以倚老卖老、为老不尊？有些老人，根本就是十足的老流氓！坏人变老了，不代表就成了值得尊敬的好人。敬重一个人，看的是他的人格，而不是他的年龄。

阿何坚决要离婚。只要女儿。别的东西，小潘都可以拿走。

小潘很难过，他夹在爸妈和阿何之间，想左右逢源，偏偏两边都没讨好。妈妈骂他娶了媳妇就忘娘，老婆嫌他软骨头，不帮忙站出来说话。他以为可以这么凑合过下去，谁家没点婆媳小纠纷？现在居然闹到离婚的地步，不是要给人笑死？面子要往哪儿搁？

依然像个闷葫芦，脑子里胡思乱想一通，嘴上一句也不说，逆来顺受，点头答应，东西也不要了，都随阿何处置。

看，如果光是和小潘在一起，阿何还是愿意的，他很尊重阿何，凡事都听阿何的。阿何也愿意跟他有商量。但是，多出了小潘爸妈，就不行了。他们水火不容，不是一个频道的人。硬住在一个屋檐下，必要天翻地覆。

可是第二天，小潘说不行，离婚归离婚，他要女儿。

阿何很纳闷，昨天不是说不要女儿的吗？怎么说变就变。

很快明白过来，以小潘的性子，是不会想这么多的，肯定是他妈妈教的。他妈妈可精明了，可会算计了。

果然，小潘又说："车子不能开走。"

阿何无语，这车子是她买的，凭什么？

小潘说："这是婚后财产，得卖了钱，平分。"

阿何说："二手车不值钱的。"

小潘不依不饶，一定要卖了，平分。

事后有朋友说："你怎么不去打官司？这车子是你买的，凭什么跟他分？"

但阿何当下只是很气愤，恼羞成怒，怒火攻心，本来就没什么法律常识，加上急切地想要脱离这个家庭，想要离开这个男人，这个什么都听爸妈话的没用的男人。当局者迷，一点也不理性，也没想过要去咨询律师。破罐子破摔似的，火急火燎地，真把车子给卖了。原价三十万的车子，开了不过半年，卖了不到十五万,一人分到七万。

肯定也是小潘妈妈教的。他们结婚的时候，小潘妈妈给过阿何十万元钱的礼金，离了婚当然不能要回来，想用这个车子作为补贴？反正小潘自己是说不出这种话来的。

阿何想骂人。这什么亲家？根本就是冤家，上辈子的杀父仇人。血海深仇。所以这辈子不折腾死人不肯罢休。

算了，别骂了，尽早离婚吧。为了离婚，阿何放弃了女儿。

因为小潘说："你想离婚就把女儿给我，你要女儿就别想离婚。"以他沉默的性子能说出这番话来，肯定也是他妈妈教的，铁了心阿何舍不得女儿，要委曲求全留下来。

猜不透这是什么意思。小潘妈妈根本不喜欢她，又要她留下来？留下来干吗？接着天天吵架？彼此看不顺眼？面对面讽刺人？小潘妈妈根本不喜欢这个孙女，又想留下来，留下来干吗？赔钱货一个。

不过是见不得她带走女儿罢了。他妈妈就是这样损人不利己。撕破脸皮，见不得别人好过。总要赢点什么回来，不能全盘皆输。哪怕不喜欢的，也不能让对方得到。发现对方不好过，自己就好过多了。

阿何是舍不得女儿，但她更想逃离这场婚姻。两者权衡，只好放弃女儿。

她并不知道，如果当时他们打官司的话，法律会偏向孩子的妈妈。她只是气。气昏了头。

一开始，阿何主动跟小潘说，她每月会给女儿抚养费。小潘半天不说话，最终摇头，说不用了。对于这段婚姻的破灭，小潘也是心有愧疚。

但第二天，小潘改口，发短信说，你必须给抚养费，一个月多少钱，打到我银行卡上。

看这口气，肯定又是小潘妈妈的原话。

小潘什么都听他妈妈的，从不为阿何说一句话。这是他们婚姻悲剧的源头。

离婚到现在，快一年了，每个月初，小潘会给阿何发来一条短信，内容只有一个字：钱。干脆而冷漠。

像交易一样，阿何要求小潘拍一段女儿的视频给她。按理说，她可以去看望女儿，但不行，小潘的爸妈总会想法子说不巧，刚好要带女儿出门。总之见不到。阿何也不想再去 A 市了，她视那里为人间地狱。

但是，在视频里，阿何不止一次听到小潘妈妈当着女儿的面跟别人说："谁让她妈妈不要她了？我不管她，谁管她？那种不要脸的女人，在外面偷男人，一辈子不见也罢。"

谁在外面偷男人了？放屁！无中生有！居然当着女儿的面诋毁她！是谁不要脸？

阿何跟小潘争执，小潘不回复，只在下个月初发来同样短信：钱。他们的感情早没了，只剩下一笔干脆的交易。

阿何咨询律师，想把女儿要回来。不能把女儿留在那儿。放弃女儿，是她做过最错的决定。

律师说很难。因为她早年主动放弃了女儿的抚养权，想再拿回来不容易。如果当初她稍有法律常识的话，离婚时候要争取女儿抚养权很容易，因为孩子还小，法官会偏向孩子母亲。但主动放弃就要另说了。再有，她身体确实不好，不适合抚养孩子。这是很大的痛处。但是，当妈妈的想拿回孩子的抚养权，在宝宝三岁之前是最好的机会。

怎么办？阿何拼命想法子。

她开始抽烟。一根接一根。一包接一包。

她开始喝酒。举杯消愁愁更愁。

她常常想女儿。马路上，不敢看别人的小孩。

有时候夜里会哭醒。

听说，交往三年的前男友，在她结婚后不久也结婚了，现在老婆怀了孩子，一家人幸福美满。阿何祝福他。他不是没准备好要结婚，他只是不想和她结婚。看到他们的结婚照，真叫人伤感。要是当初阿何跟他结婚，结果会是怎样？肯定比现在幸福。至少他们相爱三年之久。彼此太了解。父母也都见过。

她认识两天就匆匆认定的老实男人，原来太老实了，连帮老婆说句话也不能。女儿是意外，从前不喜欢孩子，现在想得不行。

这一年半，从想结婚到真结婚、到生孩子、到离婚，颠覆了她多少人生。她和小潘，认识两天在一起，怀孕四个月结婚，结婚一年离婚。像一场梦。噩梦。女儿是唯一的善果。黑暗里的一束微光。沼泽里的一朵莲花。却未能善终。

她以为自己要的是一段婚姻、一个家庭，现在看来，没有婚姻也没关系，有女儿就好。

阿何一边抽烟一边跟我说这段故事，一包烟很快抽完。

“我就是想我女儿。我现在只想要回我女儿。”

她哭了。

这是我一个人的天长地久

又收到雯雯的明信片。背景是一片绿色的竹园，两只大熊猫对坐着吃竹子，一副贪吃相。角落里写：河川生态园。

这次是从新加坡寄过来。跨洋越海。

算上之前从昆明、桂林、三亚、九寨沟、西湖、珠海、武汉、马来西亚、泰国、印度等地方寄来的明信片，我共计收到雯雯近二十张明信片。每张都只有一个署名，其余都是留白，没别的内容，甚至没一声问好，或者说这里很好，有空来玩。好像只是顺便告知一下她现在到哪儿了，报个平安。邮戳不言自明。

微信上问她："新加坡好玩吗？"

朋友圈里一张旅游照片也没有，不像是出去玩的。

雯雯说："来出差的，整天跑业务，早出晚归，披星戴月，忙都忙死了，哪有时间玩。"

"没有艳遇？"

雯雯是很漂亮的女孩，短发，眼睛很亮，水灵有神，皮肤很好，白嫩光滑，瘦瘦的，身材纤细苗条，乖巧的邻家女孩模样。眉眼之间，有点孙燕姿的感觉。

她多年来一直单身，没恋爱过，连初恋也没有。喜欢她的男生不少，都被她拒绝了。很多朋友给她介绍男朋友，她偏不要，说“暂时”不想谈恋爱。暂时是多久？她说了好几年，遥遥无期。我们都替她着急，盼着她早日遇上如意郎君，幸福美满。一天到晚在外出差，也许会有意外惊喜？

“没有。我怎么会有艳遇？”雯雯说，“我很无趣的。很男孩子气。脾气很像假小子。男生们不会想跟我有什么的，只把我当哥儿们。倒是昨天晚上见到孙燕姿了。她参加一个活动，我刚好在附近。本人很漂亮，很亲民。”

“你很喜欢孙燕姿吗？她是你偶像？”

怪不得发型也跟孙燕姿一样。

“不算吧。是我很喜欢的人很喜欢她。”

“哦？你有喜欢的人了？怎么没跟我们说？”

原来名花心中早有主。

“你不是总问我，寄明信片会不会太麻烦，去一处地方就要给你寄一张。其实啊，说了你别生气，我是顺便给你寄的。”

“你是另外要寄给别人？”我猜到了，“你喜欢的那个人？他是谁？”

“不是喜欢，是暗恋。纯粹的单相思。一厢情愿。”

“暗恋谁？我认识吗？要不要我给你介绍介绍？”

“你不认识的，我一个老同学。”

“你暗恋他多久了？”

“初中三年，高中三年，大学四年，毕业四年。一共十四年。”

十四年！

我听过很多暗恋故事，男生女生都有。谁都以为自己的经历独一无二、无可比拟，可听下来都是大同小异、千篇一律。只有雯雯的这次例外。我第一次听说这长达十四年的暗恋故事。

暗恋一个人，真的可以持续十四年吗？心无旁骛，贯穿整个青春期。

不是说，很多女生喜欢男明星，都是三个月一换吗？见一个爱一个。一部新剧就一个新“老公”。暗恋的有效期等同于此。独角戏唱累了，久无回应，孤掌难鸣，不免想要放弃，转移下个目标。不过是走马观花。

“我不一样。我很喜欢他。”

雯雯讲她的故事，像在讲别人的故事。暗恋一个人，应该很激动很亢奋，但雯雯很冷静很沉着，轻描淡写，仿佛事不关己，第三人称。

不是感情淡掉，而是经历太久，越渐平淡，像迟暮的美人讲述动荡的青春。曾经紧握在手心的，时刻心慌意乱的，终于都过去了，往事如流水。不是不堪回首，是不忍回忆。

雯雯从初中时候就暗恋那个男生。他长得很帅，五官轮廓像吴彦祖，眼神很勾人，笑容坏坏的。中学时候，哪个女生不喜欢坏坏的、贱贱的、痞痞的男生？受郑伊健、陈小春《古惑仔》的影响，男人不坏，女人不爱。甚至有男生抽烟、喝酒、文身、牛仔裤烫出许多洞来，想尽一切方式耍帅装酷，要的就是与众不同。

那男生也姓吴，同学们都叫他小吴彦祖。他确实很小，大学毕业时才 1.63 米，穿了鞋子才过 1.65 米，很矮。站在同龄人堆里，就像个迷路的小孩。长得也像小孩，白白嫩嫩，看着很乖巧。

要不是因为他太矮，肯定很多女生追求。就因为矮，女生们只当他是可爱弟弟。但雯雯很喜欢他。

为什么会喜欢？雯雯说不上缘故。大概有些人注定要一见钟情。一辈子割舍不下。走得再远，隔得再久，也是念念不忘。就是会记挂那个人。记挂他的一切。

或许源于那次体育课？应该是。

那天下午，体育课上，雯雯和同学打乒乓球打输了，站在一旁观战，百无聊赖地看不远处的足球场。看到他在奔跑、运球、过人、射门、进门。一气呵成。白色T恤，白色短裤，白色袜子，白色球鞋。一身白，英姿飒爽，特别帅气。瞬间击中雯雯的少女心。

有人把球踢飞了，踢到她跟前。他跑过来，冲她喊："美女，能帮忙把球踢过来吗？"这是他们第一次讲话。雯雯脸红心跳，一把拦住身边的女生，"我去捡球吧。"跑过去捡了球。脏兮兮的，她不会踢，也不好意思踢，双手抱着跑过去还他。他接过，扔在地上，笑笑说："谢谢美女。球很脏的，踢回来就行。"雯雯特别不好意思，手足无措，虽然明知那声"美女"是客套，而不是真心称赞。

应该就是那次。情定终生。误了一生。她还回去的，岂止是一只足球？分明是这十四年的痴心。

往后每次体育课，雯雯总是故意输球，好站一旁，专心看他踢球。看他逆风奔跑，看他挥手大喊"这边这边"，看他运球射门。为他祷告：进门！进门！

真进门了，雯雯比他们踢球的人还开心。

踢歪了，或者被守门员挡住，雯雯比他们踢球的人还惋惜气愤。

她是他的头号球迷。

可惜的是，初三之后，他就不踢球了，忙着学习。

那时候年轻，不懂事，明明很喜欢一个人，满腔情愫，却非要装作不在意的样子。同班同学，都在一个屋檐底下，抬头不见低头见。两人碰了面，雯雯故意摆出一副冷漠淡然的样子，很讨厌的样子，没兴趣的样子，不以为然的样子，看不惯的样子，很疏远。

还跟其他男同学走得很近，谈笑风生，嘻嘻笑笑。生怕真正的心事被人发现。眼睛远远望着他，关注他一举一动，心里默念：看过来，看过来，看过来。

上课时候常常开小差。老师在黑板上画图讲解题方法，雯雯趁老师转身的那会儿，偷瞄他的背影发呆。因为个子矮，他总坐第一排，每天穿白衬衫的那个，很容易看到。盼着有机会能坐他旁边，靠在他肩上，贴着他的白衬衫，闻他洗发水的味道。

那个年代，男生们普遍很邋遢，不修边幅，他却很干净，总是一身白衬衫，清爽白净，很有魅力。

男生们都认为大丈夫不拘小节，但打动女生的，偏偏都是微小的细节。一身干净的白衬衫，一个明媚的笑容，足够打动一大帮中学女生的心。

每次班主任换座位，雯雯都会默默祈祷，跟他坐一起，或者前后桌。却失望再三，连同一组都不是。真有一回，许愿显灵，他们坐了前后桌。雯雯满心激动地搬着课桌过去。他是很客气的，课间主动示好，笑嘻嘻地与她讨论作业。雯雯却忍不住摆出一副冷漠的样子来，头一低，假装埋头做习题，不敢和他亲近。连正常聊天都不行，脸红心跳，手心出汗，手指颤抖。太紧张了，怕一颗心兜不住隐忍的情愫，说漏了嘴，吓着他。

一再刻意为之的冷漠，他以为雯雯讨厌他，知难而退，终于使他们错失成为朋友的机会。再一次换座，他们被分得远远的。雯雯后悔莫及。只能再次远看他的白衬衫背影，做一段又一段可笑的白日梦。

他们都是走读生。每天晚自习放学后，雯雯都会悄悄跟在他身后。远远的，隔上一段距离，不被他发现。黑暗里，像个潜伏的鬼魅，像《聊斋》里吸男人精血的狐狸精。雯雯随他一路到家门口，见他进了家门，她再绕远路回去。

那条路，从他家到她家，雯雯再熟悉不过。路边的每棵树、每盏路灯，她都能数过来。他踢过的石子，她也跟着踢过。都是她青春年少的爱情。一个人的爱情。

夏天，他喜欢吃冰棍，放学路上，他把吃完的冰棍木签扔在路边，雯雯一一拾回去，洗干净了，存在塑料罐子里。每根木签上都标了日期，几月几日。一根一根，都是她对他的爱。卑微的爱。羞耻的爱。有些病态的爱。

那时候，他很喜欢孙燕姿，非常痴迷。那时候大家都用随身听。雯雯硬是跟妈妈透支了第二年的压岁钱并答应晚饭后连续洗碗一个月，终于攒够钱买了随身听，买了孙燕姿的磁带，翻来覆去听那首《天黑黑》，在日记本上抄录歌词，学着唱：

“我爱上让我奋不顾身的一个人，我以为这就是我所追求的世界。然而横冲直撞，被误解被骗，是否成人的世界背后总有残缺？”

那年他们才十四岁。十四岁，懂什么爱不爱的？太复杂了。十四岁，忙着背古诗词文言文，忙着做数学题，忙着计算勾股定理和相似三角形。十四岁，雯雯刚来月经。那晚她梦到和他接吻。羞耻醒来。身下一片血污。竟跟男生的“初次”出奇相似。十四岁，只是很想每天都能看到那个穿白衬衫的矮个子男生。十四岁，回不去的单纯年纪。

·

初中时候，雯雯暗恋他三年，他不知道。高中时候，雯雯继续暗恋他三年，他继续不知道。男生总是木讷傻气，粗心迟钝。除非对方明言告知，否则永远一无所知。何况雯雯也不愿表露出来，不动声色，没人知道。

这是她不为人知的小秘密。连日记本都没写。

一开始写过，在每篇的末尾都写上长段长段他的名字，一笔一画，如同咒语下蛊，幻想有朝一日他忽然不可自拔地爱上自己。

后来在言情小说里看到诸多日记本被人翻出的桥段，内心的隐秘暴露人前，一览无余。雯雯不能想象那是怎样的难堪，太丢脸了，太羞耻了。她自知不是小说里万人追捧的女主角，不敢痴心妄想会发生男主角因此感动落泪、垂青一生的圆满结局，尊严所冒的风险太大，于是通通撕毁烧掉，再也不写。

没有比埋在内心深处——掘心三尺——更安全的地方了。

高考后，雯雯拐弯抹角托人打听他报考的学校，全部填了他要去的城市。不敢填同一个学校，怕太刻意了，要留点偶然。到时候大可以说："这么巧，我们大学同城！你什么时候动身？我们可以坐同一班火车。长途奔波，路上好有个照应。"

雯雯是死心塌地要追随他的，无论天涯海角。大学四年，谁知道会发生什么？中学生不允许早恋，大学生谁管？雯雯给自己一点希望。

填完志愿，雯雯彻夜不眠，给他写了一封很长的情书，洋洋洒洒，写下她这六年来的独白，写到凌晨，写到天亮，一点都不困，精神矍铄。写了整整十七页，正反两面都有。要说的话太多了。

雯雯写：我爱你。我很爱你。我愿意陪你往后的人生。我愿意与你做一切事情。我会唱所有孙燕姿的歌。我剪了孙燕姿的发型。我搜集你吃过的每一根冰棍木签。我走过你走过的每一条路。我迷恋的你背影。我爱你的白衬衫。我喜欢你在球场的风姿。我恋慕你的一切。我爱你。只要你愿意，我的手在这里，等你来牵。

她把深埋在心里的爱意都写了出来，心怦怦跳。满纸的爱意呼之欲出。明天就寄出去。

她看着那些文字，有那么几秒大功告成的感觉，心花怒放。紧接着，脑子里忽然闪出一声嘲笑，以及纸张被撕碎的声音。

她发抖了。她胆怯了。他会笑话她，会撕碎这封情书。一定会。他看不上她！

如果注定没有郎情妾意的结局，又何必自作多情地开始？

雯雯把整整十七页纸全部撕碎，哭着上床睡觉。

不一会儿，又爬起来，从纸篓里翻出碎片，用打火机点燃烧掉，灰烬倒进马桶里冲掉，一丝不留。

“我就是个胆小鬼。”雯雯说，“只敢偷偷爱，不敢表白。我没有爱情，我只有暗恋。”

害怕花朵凋谢，所以迟迟不愿种花。

害怕被拒绝，所以避免千万种开始。

第二天晚上，雯雯又写了一封信。寥寥数语，只有几行字，说她喜欢他，能否做个朋友。

雯雯没有当面送他，她胆怯，难为情，也怕对方尴尬，更怕被拒绝了，连同学一场的情分也没。所以选了邮寄的方式。

寄出去后，迟迟没有回应。三天，五天，两个礼拜。像断了线的风筝，不知道飞到哪儿去了。杳无音信，死不见尸。一定是被拒绝了，雯雯想，一定是。一定是。

越是胆怯，越是自我拒绝。

大学开学前，高中同学聚会，雯雯非常尴尬。不敢看他，不敢靠近他。隔着两张桌子，看到他在笑，满脸通红，对号入座，觉得他在笑话她，在跟别人讲她痴人说梦的表白，没脸面再待下去，早早就走了。

“我已经尽力了。”雯雯跟自己说，“我应该忘记他。不然怎样？不死心，再表白一回？这不是自取其辱吗？被拒绝一次还不够？我脸皮才没那么厚。”

大学开学后，他谈了女朋友，大学同班同学。在高中同学群里秀恩爱。确实俊男美女，很般配。女方个子也不高，但很漂亮，长发细眉，高贵冷艳，长得有点像章子怡。

他不是喜欢短发的孙燕姿吗？雯雯很诧异：我走错路线了？

大家都祝福他，起哄赶紧结婚喝喜酒。雯雯也跟着祝福，讪讪地，恨不得找个地缝钻进去。希望大家快点刷屏，赶紧把她的祝福刷过去，别被他看见。尴尬极了。

他看见了，私聊找她：“上周六我过生日，晚上请吃饭，同城的老同学都来了，你怎么没来？太不给面子啦。”

“我，刚好有点事，有点忙。”

雯雯不好意思接话。事已至此，还能说什么。

他说：“怎么感觉你一直对我很冷淡？是我做错什么惹你不爽了吗？同学一场，别小气嘛。真有什么做错的，还望见谅。”

谁小气了？谁做错了？见谅什么？谁都没错，我情、你不愿而已，怪不得谁。

“那封信，你撕了吧。”

“信？什么信？”他莫名。

一问之下，雯雯才知道，他并没有收到那封信。那信哪儿去了？不翼而飞？

“没什么，”她掩饰，“就是说我要出门旅行，不能参加你的生日了。”

“都什么年代了，还寄信。打个电话不就好了。或者网上给我留言。”

“我在外地，手机坏了，刚好看到明信片，就顺手给你寄了。”

“究竟是信还是明信片？”

“有信也有明信片。”雯雯口不择言，“大概是邮递员弄丢了吧。”

“下次有事还是打电话吧。不过你要是再旅行的话，有明信片记得寄我，我喜欢收藏各地的明信片。”

雯雯答应了，然后哭了，哭了整整一夜，哭得眼睛红肿。

要是他收到那封信，要是她告白成功、他接受了，要是他们在一起了，就没他现任女友什么事。世事难料。站在他身边的，与他手牵手的，本该是她。那个女生占了她的位置。

那封信究竟去哪儿了？真被邮递员弄丢了？还是被他妈妈发现，扔掉了？不知道。没人知道。天意弄人，反正他没收到。老天爷毁了她的可能，她痴迷多年的白日梦。

大学后，雯雯依然喜欢他，只是再也没有早年那般深爱，痴迷到令人羞耻的地步。会在网上关注他的消息。不敢用自己的账号去看，怕留下痕迹，被老同学抓住把柄，背后非议。另外注册了好几个小号，用爸妈的手机号和身份证，别的资料胡乱填，轮流去看他。只看，从不留言评论，不留任何痕迹。看他开心，她也开心，看他难过，她也难过。他是她喜乐悲欢的源头。她在对他的爱里迷失了自己。

终于，他和女朋友分手了。

雯雯替他难过，但更高兴，她的机会来了！每日陪他聊天，安慰他，从网上学来搞笑的段子，摘录在本子上，逐条说了哄他，逗他开心。陪他玩游戏，打怪刷图，提前研究副本攻略。找朋友帮她把号先练到满级，再带他刷副本升级。好的装备都让给他。给他充值游戏币。帮他领活动大礼包。

希望能趁虚而入，使他爱上她。

整整一个月，雯雯每天主动与他联系，从早安到晚安，废寝忘食，煞费苦心。

知道他近来喜欢章子怡，刚好《夜宴》上映，雯雯买了电影票找他。坐两个小时的公交车到他学校，找同学问路，摸索到他寝室楼下，打他电话，要给他一个惊喜。

谁知他说，他和女朋友复合了，约了烛光晚餐。

雯雯犹如五雷轰顶，一切努力付诸东流。强忍着内心的酸楚，笑笑说："哦，这样啊。好啊，那太好了。你要幸福。"

没说自己在他寝室楼下。一个人离去。背影凄凉。

雯雯独自去看电影，身边的座位落空了。电影里很多情侣卿卿我我。雯雯摸着空荡荡的座椅，很难过。怪自己痴心妄想，爱慕一个不爱自己的人。

何必如此多情？何必年年痴情？世上花痴的女生很多，但有几个，能像她这样爱慕七八年以上？世上好男生遍地是，何苦独独钟情于他？有人的爱，是风过云烟散。有人的爱，是沉淀在河底的石子，风吹不动，水流不转，永远都在。

电影里，周迅爱吴彦祖，吴彦祖爱章子怡。三人追逐，爱与不爱，像极了他们之间的关系。着实讽刺。

周迅唱着《越人歌》：“山有木兮木有枝，心悦君兮君不知。”

心悦君兮，君不知。我喜欢你，你不知道。雯雯心里酸酸的，差点掉眼泪。但终于没有。掉了给谁看？自作多情。他又不知道。君，不知。爱一个人，冷暖自知。我知道你不知道我深爱你。这是我一个人的天长地久。

后来他和女朋友再也没闹过分手，一直秀恩爱，各种晒甜蜜照片。大学毕业后的第二年春节，他们登记结婚。婚宴上请了很多老同学来。他依然一身白衬衫，很帅气。她迷恋多年的形象。

唱歌时，他要唱孙燕姿的歌，雯雯跟他合唱了一首《天黑黑》，“我爱上让我奋不顾身的一个人，我以为这就是我所追求的世界”。唱得高兴，叫雯雯再点几首孙燕姿的歌一块唱。

可是，去洗手间的时候，他女朋友，不，是他老婆，让雯雯离他远点。

她说：“我们已经结婚了，你不要再给他发那种消息了。最好别再联系了。”

雯雯很想说："什么消息？我们只是普通朋友啊。为什么不能再联系了？"

明明只是偶尔聊天，说起一些当年的事，某个老同学的近况，别无其他。你们都结婚了，有国家法律证明了，何必说出这样咄咄逼人的话来？何必还要在乎我？

但雯雯在委屈的同时又有一丝窃喜。她是他名正言顺的老婆，居然嫉妒她一个老同学？有什么值得嫉妒的地方吗？丝毫没有暧昧的影子。大概是他平时很少跟女生联系，而他们的聊天记录刚好被他老婆看到了？他老婆在翻他手机？她不信任他？他们有矛盾？不敢想下去。

为什么他老婆一眼就能看出她"不怀好意"，这么些年了，他却不知道她心怀鬼胎？男生就这么迟钝吗？

雯雯没有再参加婚礼，推脱有事，提前走了。那是她最后一次见他。

回去后，雯雯把那一罐记着日期的冰棍木签全部折断、烧毁。妄图使自己对他绝望。

都结婚了，还有什么好幻想的？这场春秋大梦早该醒了。

头发慢慢留长，烫卷了，染成艳丽的酒红色。再不做乖巧的邻家女孩孙燕姿。也不做高贵的章子怡。只做平凡的自己。

可悲的是，跟着他喜欢了这么多年孙燕姿，已经不知道自已经没有的，再伤心难过也没用，日子总要过下去。总不能为了过去的事，难过一辈子。太执着了，会伤害自己，也会伤害身边的人。

天地良心，就算没人看见，自己知道。

己真正喜欢什么。

留过不久的长发，又剪短了，恢复孙燕姿的模样。这是雯雯的青春。

他们很少再联系。雯雯主动跟公司提出到外地出差，远离这处伤心地。只偶尔，雯雯会从远方给他寄过去一张明信片，连名字也不署，什么都不写，只一个邮戳。她记得他说过，喜欢收藏不同地方的明信片。

他的住址，雯雯是铭记于心的。那些年走过的路，不会忘。即使盲了眼、迷了心，依然可以一步一步摸索回去。

他虽在外工作，逢年过节总是回家，总能收到那些无名氏的明信片。邮递员应该不会再弄丢吧？他妈妈不会扔掉吧？一张明信片而已，无名无姓，他老婆也不会在意的。

前不久，他老婆刚生二胎。如今，他儿女双全，家庭幸福和美。老同学都说他是人生赢家。他自己也很以此为骄傲。大概他永远不会知道，有个人在远方一直爱慕他、思念他，但不会打搅他。

雯雯说，她这辈子都不会结婚，也不会恋爱。因为她心里住着一个人。那个逆风奔跑的少年，那个总穿白衬衫的矮个子男生。她知道自己很傻，无可救药，但她甘之如饴。不是自欺欺人，是明知故犯。那个影子在心里，盖了坟墓也不能忘。召之即来，挥之不去，经久历年。这是她一个人的天长地久。不幸福，但也不空虚，非常充实。心中有爱的人，永远不会寂寞。就算可望而不可即，但有了皈依，每一步都显得踏实。

“对了，”雯雯说，“我找孙燕姿要了一张签名照，明天寄给他。他一定很开心。”

不珍惜她，就太亏待我这一生了

杨阿姨50岁了，虽说是年过半百的岁数，但她保养得很好，个子高挑，身形纤瘦，长发披肩，烫了小小的波浪卷，染了微微的一点黄色，脸上没什么皱纹，皮肤白皙紧致，远看不过三十几岁。凑近了看，也不过快40的样子。稍微打扮打扮，换身漂亮艳丽的衣服，穿个高跟鞋，跟她25岁的女儿站在一块，都当是姐妹俩。

小区门口有跳广场舞的大妈问她平时保养的秘诀。杨阿姨说："该吃就吃，该喝就喝，该睡就睡。哪有什么秘诀？电视上说的那些都是唬人的。骗钱的。开开心心过日子就成。真要有秘诀，岂不是人人都能长生不老了？那不成妖精了？"

杨阿姨的日子确实过得开心。丈夫很早就走了，刚走的那几年，她也难过，天天抱着女儿哭。女儿还小，都她一个人带，心力交瘁，甚至想死了算了，一了百了。现在女儿长大，工作上班了，她倒也安心，无所牵挂。

丈夫是工伤意外走的，公司赔了不少钱，那时候正是股票的红利期，买什么股票都疯长，很赚钱。杨阿姨跟人学投资，赚了很大一笔。她倒没贪心，赚了一笔钱就退出股市了，在浦东买了 5 套房子，此后靠收房租生活，日子过得非常滋润。倒是当时一块投资的几个朋友，好几个后来都被套牢了，全部家当都贴进去，倾家荡产地退出来，一毛不剩。

杨阿姨平时没事就在小区门口看那群大妈大爷跳广场舞。有人拉她一块跳，她摇头：

“老麻烦的。跳不来！”

“老简单的。我教你。”

“我笨得很。”

“老余也不聪明，同手同脚呢，还不是学会了。瞧我的，这样，这样。”眉飞色舞，扭摆起来，“别光看啊，跟着来。一，二,三。走！”扇子甩起来。

杨阿姨噘嘴摇头：“我不爱跳。”

如此两三回，没人愿意教她了。她就站在一旁看。

她看，是冲着喜庆、热闹。女儿上班去了，一个人在家闷得慌。找人组局打麻将，常常三缺一，凑不满一桌，倒不如看这些人跳舞乐呵。

她自己不跳，是觉着跳广场舞的都是老头子、老太太。她虽然 50 岁了，但觉得自己还没老到这个分儿上。所以站得远远的，有条分界岭似的，隔开一段距离。杨阿姨嘴上不说，但心里觉得自己还很年轻。

老周是退休多年的老干部，70多岁了，满头白发，满脸老人斑，但身体很硬朗，每天晚饭后，准时到小区门口跳广场舞，好几个老太太轮流做他的舞伴。

这天晚上8点多，杨阿姨吃了晚饭来散步。老周见了她，上前打招呼。说着说着，忽然问："你家闺女25岁了吧？"

"是啊。"

"还没成家吧？"

"没，男朋友都没找呢。八字少一撇。"

"我孙子也25岁了。过两天就回来。"

杨阿姨听明白了，老周是给她女儿相亲来的。女儿的婚事，她倒不急，懒得管年轻人那点事儿，由她去。但多个机会也不是坏事。兴许就成了呢？能抱外孙了。

早就听说这老周有个孙子，很宝贝的，从小就送到国外去读书，很少回来。之所以送到国外去，因为老周没工夫照顾，孩子的爸妈又离婚了，各自有新家庭，有子女。各顾各的，都不管这孩子，只是每半年把生活费寄来一次。幸好夫妻俩都舍得给钱，都是开公司的，很有钱，干脆把孩子送国外去读书。可怜孩子那么小的年纪就一个人在外头飘，多少年了，想必也吃了不少苦头。这样的男孩子应该是有担当的。可以给女儿介绍介绍。认识个朋友也好。

“行，我找我闺女问问去。看她的意思。”

一局相亲就这么定下来了。定在礼拜六的中午。约在附近一家本帮菜饭店。四个人：杨阿姨、老周、杨阿姨的女儿小慧、老周的孙子小周。

杨阿姨长得漂亮，她女儿也不差，青出于蓝，更年轻，更漂亮，前凸后翘，身材很好。之前出国留学了两年，很有派头。大概是太有派头了，条件太好，一般男孩子倒不敢来追了，怕被拒绝，望而却步，反而门可罗雀，行情惨淡。但女儿忙着工作，事业为重，恋爱的事也不大在意。妈妈难得给她相亲一次，她也不反对，随便看看，就当平淡生活的调味剂。

小周 1.86 米的个子，高高帅帅的，块头很大，像个巨人。常去健身房，练得很壮实，像好莱坞的肌肉男明星。胳膊圆滚滚的，很粗，肱二头肌爆出来。胸肌从衬衫里鼓出两大块来，比一些女孩子的乳房还大。连小腿肌肉的线条都很饱满，经常跑步。大腿肌肉更是发达粗壮，负重深蹲练出来的。五官端正，轮廓很深，刀刻一样，很有男人味。比起同龄男生，小周的模样成熟很多。毕竟是在国外长大的。说话也是半中文半英文。

杨阿姨琢磨着，老周年纪也不小了，虽然逢年过节儿子也过来探望，但也是坐会儿就走，饭也不吃，要回后娶的老婆家过节呢！老周身边总没个人照顾，估计也是想给孙子找个对象，稳定下来，结婚成家，顺便拉住他，别出国了，留在老头子身边有个照应。

小慧和小周你来我往，有说有笑。杨阿姨和老周知趣，匆忙吃了几个菜就先走了，留他们两个年轻人慢慢聊。

老周乐了，说："我看啊，这事儿十有八九了。咱们要结亲家啦。"

杨阿姨说："说不准呢。还早。"

但她心里笑，看小周那模样，是很看重小慧的。大概能成。

"成了女儿，你也该给自己筹划筹划了。"

"给我自己筹划？筹划个啥？"

"小慧她爸都走了这么些年了，难不成你要一个人过下去，过下半辈子？从前是顾忌小慧，她年纪小，怕影响她。现在她岁数大了，要结婚成家了。万一她出嫁了，你也不能总是一个人啊。一个人在家，连个说话的人都没，不是闷得慌？"

可不是！小慧下班回来了还好，家里还有点人气。小慧上班走了，家里就剩杨阿姨一个人，难受得很。电视开了，空调开了，电风扇开了，呼啦呼啦吵，还是觉得心里静得像个死人坟墓，没点活人气，没劲。她也想找个人陪啊。这么大岁数了，上哪儿找去。谁看得上她？

杨阿姨不说话。她都50岁了。年轻时候或许还敢想想，现在？不敢想了。摆到跟前了也不敢去想。50岁了。没指望了。半截身子入土。这时候还想东想西，要叫人说成老不羞了。虽然从没想过给死去的丈夫守贞节牌坊，但也不想晚节不保，闹出笑话。

“要不，等小慧的事儿成了，我也给你介绍个男人？我一远门的表弟，说是我表弟，但岁数差多了，才五十出头，就比你大两三岁，大公司的副总裁，人长得也精神，各方面条件都不错，有个儿子，比小慧大两岁，老婆前年得结肠癌死了，我给你俩撮合撮合？那咱们就是亲上加亲了。”

杨阿姨没拒绝。她不是要相亲，她是不想以后孤零零一个人。太凄凉。年纪大了，什么都不怕，就怕孤单寂寞，孤独终老。

“等小慧的事儿成了再说吧。”她说。

小慧的事情没成。

“人倒是蛮好的，就是谈不到一块去。合不来。”小慧说。

杨阿姨不乐意了：“什么叫人好，又聊不到一块去？敢情你是个坏人？一好一坏，聊不到一块去？”

“妈，我们年轻人的事，你就别瞎掺和了。聊不来也可以做个朋友。我看他人挺好的，脾气不错，就跟他做朋友了。相亲又不是非要结婚的。”

“做朋友？还是谈朋友？他这是想吃你豆腐，占你便宜。小姑娘家，年纪轻轻的，不知外面人心险恶。这个小东西，在国外待了这么些年，好的不学，尽学些坏的。他这叫泡妞，想泡你，又不想对你负责任，你懂不懂？”

“妈，你别这么说。其实，他过段时间又要出国了，跟他谈恋爱有什么意义呢？没结果的。”

“都要出国了还跟你相亲？他没安好心！老周也没安好心。”

杨阿姨背着小慧把小周喊了出来，狠狠骂了他一顿。小周倒也没生气，没跟小慧说。

杨阿姨是气，小慧的事情没成，老周给他介绍那个副总的事情，估计也要泡汤了。她也不是巴望那个老总，只是，小慧年纪大了，总有一天要结婚成家离开她的，这次没跟小周谈成，下次也要跟别人谈成，她不能坐以待毙，等小慧谈成了再找人。不行，她得先找人。她得未雨绸缪，先有个伴儿。不是什么副总也没关系，老实、靠谱、对她好就行。什么爱不爱的，她早不追求那个了，一把年纪，看清了，什么情情爱爱都是虚的，还是老实、靠谱最实在。

老周倒是厚道，孙子的事情没成，照样介绍了表弟副总给杨阿姨。副总确实仪表堂堂，谈吐风雅有趣，难得一见的好男人，很有钻石王老五的派头。

嫁给这样的男人，下半辈子不要愁了。有钱，人又风趣，又顾家，对她也有意思。儿女们都大了，没顾虑。杨阿姨觉得，行吧，就他了。就像老周说的，这么好的条件，过了这村没这店。她都50岁的老女人了，还有挑三拣四的资格吗？只有被人挑的资格。就算挑，也挑不到这么好的男人了。老天爷眷顾，见好就收吧。别跟炒股似的，错了这个峰，一路跌下去。50岁了，跌不起，就算再有峰回路转的时候，也等不起，时光不等人。时光只会误人。

两个月后，50岁的杨阿姨发现自己怀孕了。

她一时手足无措，但冷静下来，感到激动和欢喜。这是她没想到的事。都50岁了，怎么会呢。月经没来，以为更年期到了，绝经了，以后再无机缘，谁知居然是怀孕了。

小慧说："妈，你还说我呢，自己未婚先孕。我这边相亲没成，你倒好，要奉子成婚了。"

两个人去医院做产检，人家以为是25岁的姑娘怀了孩子，妈妈陪女儿过来，结果进房间的是五十岁的当妈的，都吃惊不已，下巴快掉下来。

老周很开心，找副总表弟，说："你行啊，一把年纪了再来个孩子，艳福不浅。还没结婚呢，就先上车了。也行，赶紧补票把人家娶了吧。趁着肚子还没大，赶紧的。你等得起，人家可等不起。”

副总表弟倒是没生气，很和气地说：“开始见面的几回都挺好的，聊得来。后来有一回，她说她有中意的人了。我们就没再碰面。”

老周呆住了：“没再碰面？什么意思？她肚子里的孩子不是你的？真的假的？不是哄我吧？她有中意的人了？谁？她肚子里的孩子是别人的？”

“这个我就不清楚了。她没说，我也没问。”

“兜了一个大圈子，反给别人占了便宜！我还被蒙在鼓里！当你们好事要成了呢。她这太不像话了！”

一时间闹翻了。小区门口跳广场的大叔大妈们个个都在说这事，见了杨阿姨就指指点点。

“就她！50岁了，男人死了20年了！现在居然怀了孩子！笑死人！”

“谁的野种？”

“老周给她介绍了个公司副总，她还不要。明明白白介绍的人不要，自己背地里勾搭了个男人，怀了孩子。一把岁数了，不要脸。老骚货。”

“女儿还没嫁人呢，自己就先偷人了。这叫什么？这叫晚节不保。叫老不羞。叫老狐狸精。”

“潘金莲老了还是不输人啊。照样风骚。”

“狐狸精！老狐狸精！”

“你说这孩子生出来得怎么过啊。叫人笑死了。”

“还指不定生不生呢。叫我啊，立马去打胎。”

“叫我啊，压根儿做不出来这种见不得人的事情来。”

“你说那男人是谁啊？到现在都不敢说，敢情是个有家庭的？她偷人？”

一时间老大妈们人人自危，纷纷表示自家男人是老实本分的人，绝不会干出这种龌龊丢脸的事情来，借他十个胆子也不够。但心里都有点不踏实：难道是自家男人？不会吧？我哪儿对不住他了？怪不得平时小区里碰见了总要多看这狐狸精两眼。早有贼心！多少年的恩爱夫妻，他敢！

回家就跟老公吵。家家都吵了起来。没事情的也吵出事情来了。

杨阿姨不敢出小区。人言可畏。闲言碎语太吓人。每天在家休息。

女儿质问：“这究竟是谁的孩子？”

杨阿姨不说，就是摸着肚子，很怜爱。

“连我都不说？我是你女儿啊。肚子里的孩子是我弟弟妹妹。”

杨阿姨还是摇头。

“你都五十岁的人了，怎么做出这种事情来？孩子打算怎么办？”

“生下来。”

“生下来？谁是爸爸？”

“就当他死了。我自己养。你不也是我一个人养大的？”

“妈，你还当自己二三十岁呢？你50岁了！别闹了好不好。高龄产妇不是说着玩的。怀孕过程很痛苦，生产更难，就算剖腹产生下来，孩子健康也会有影响，容易先天不足。而且还没个男人在身边，你一个人怎么照顾孩子？等孩子15岁，你就65岁了，你觉得你能照顾他吗？孩子25岁，你就75岁了，你能想象吗？你想想清楚！别说梦话了！”

“我不管。将来的事，将来再说。反正我要这个孩子。我爱他。”

“他？她？还不知道是男是女呢。”

“我爱他。”杨阿姨说，“我是50岁了，但我爱他。我要把他的孩子生下来。”

“妈！你都50岁了！能不能别这么矫情！电视剧看多了吧！你脑子坏掉了！清醒点！”

“我是50岁了，但我还是个人啊。你爸爸走得早，可我还有心啊。我想你爸爸，想了这么多年，夜里哭了这么多年，终于遇上一个让我不那么想他的人了。他对我很好，很照顾，他爱我，我爱他。不管他怎么想，我要这个孩子。不管以后会出什么事，我现在要这个孩子。大不了搬家，离开这儿，去个不认识我的小城镇，跟人说，这是我孙子，我儿子没了，儿媳妇改嫁了，我养孙子。”

“妈，你想什么呢。这孩子千万不能要，是个祸害。”

“不，我要这孩子。”

“你疯了。”

“我没疯。我就是要这孩子。”

“你告诉我这孩子爸爸是谁，我找他去。”

杨阿姨不说。就是不说。怎么也不说。

小慧胡乱猜：“一块打麻将的老朱？一楼的老李？对楼的老白？”

杨阿姨还是不说话。

“这是我的孩子，不关你的事，不要你来养。”

“不关我的事？你要生下来，就是我弟弟妹妹，你这么大年纪生小孩，我都没结婚呢，爸爸都走了多少年了，人家不要笑死我？还怎么见人？你不要脸面，我还要的。我要上班的。被同事们知道了，我还怎么上班？我还怎么做人？现在我在小区里就抬不起头来。脸都给你丢尽了。”

“笑就笑。我过我的。大不了搬家。大不了我们分开过得了。我不影响你。”

有了这个孩子，杨阿姨忽然凶悍起来，像只暴怒的母狮子，惹不起，连从前生的已经强壮起来的小狮子也不怕了。未来的寂寞也不怕了。有了肚子里的孩子，怎么还会寂寞？那些人耻笑她，没关系，有肚子里的孩子，这就够了。甚至，孩子的爸爸不想承认，也没关系。他能给她一个孩子，给她未来的希望，她知足了。

母女俩整天吵架。

杨阿姨的肚子渐渐大起来。

这天晚上，小慧收到小周的邮件。小周说，过两天他放假，准备回国看看，问她有没有时间吃个饭。

小慧说不行，要照顾妈妈。

“你妈妈怎么了？生病了？严重吗？”

小慧如实说了，她以为小周早就知道。虽说家丑不可外扬，但反正他回国也要知道的，瞒了也没用，纸包不住火。

小周忽然没回应。

两天后，小周回国了，来到了小慧家里。小慧开门，见是小周，很惊喜："你回国了？什么时候回来的？也不跟我说一声，去接你啊。"

"刚下飞机就过来了。你妈妈呢？"

杨阿姨在客厅看电视，靠着沙发躺着，挺着大肚子，大口嚼薯片吃话梅。

她从前很养生，从不吃这些垃圾食品、小零食，连油腻的东西也很少碰。一天到晚吃蔬菜水果，做面膜，喝桂圆红枣枸杞茶、黑豆浆，早睡早起，跑步锻炼。因此才看着年轻，看不出岁数。

眼下怀着孩子，总是饿，闻到这些垃圾食品的味道，特别诱惑，特别想吃。她不想亏待孩子，大吃特吃。什么保养身材，全不顾了。形象也不顾。身上都是薯片屑。很邋遢。

见了小周，杨阿姨哭了。

小周也哭了，说："你怎么也没告诉我。"

"告诉你干吗？给你添麻烦。"

"我是孩子的爸爸，你当然要告诉我。"

小慧本来还不明白他们在说什么，听到这句，彻底蒙了。接着想到小周在网上总明里暗里问候她妈妈最近怎么样。想到之前她和小周没谈成，妈妈还私下约了小周一回，后来就经常出门，很晚才回来，说是约了人打麻将。难道他们早就混在一起了？怎么可能呢！他们相差二十多岁！隔代的人！

她还没反应过来，就看见小周和她妈妈抱着哭。

25 岁的小周，50 岁的妈妈，肚子里的孩子。

小慧觉得很恶心。不敢相信。介绍给自己的相亲对象，居然跟妈妈搞在一起了？

“你们是疯了吧？吃错药了吧？演戏吧？”

小周说：“孩子是我的。我爱你妈妈。”

“你恶心谁啊。你 25 岁，她都 50 岁了。”

杨阿姨不说话，只是哭。

“爱情跟年龄无关。”小周用英语说。

“你恶不恶心？跟谁装腔作势呢？”

“我真的很爱你妈妈。”小周用蹩脚的中文说。

“你是不是有问题啊？满大街 20 岁的年轻漂亮女生不要，偏要跟我妈一个 50 岁的老女人搞在一起？你脑子有病吧？我妈跟你妈一样大的岁数，中间隔了一代人的年纪，你不觉得恶心吗？你是不是有心理问题啊，有恋母情结？放过我妈好吗？她还要过日子的。”

小慧气得掉眼泪。

“我会跟你妈妈结婚的，只要她愿意。”小周说。

杨阿姨哭得更厉害了。

小慧说："你疯了。25 岁的男人，跟 50 岁的女人结婚。给人笑死。偶像剧也不带这么演的。伦理剧也要被人唾骂。这是乱伦！"

"我会和你妈妈一起把孩子带大。"

"你不怕被人笑死？我还怕呢！"

"我们可以去美国。我可以帮你妈妈办签证，只要她愿意。去个没人认识我们的地方，过我们的清净日子。我们相爱，这就够了。不是吗？"

"让人知道你们的关系，都要笑死。"

"他们笑他们的，我们过我们的。我们的人生，关他们什么事？我们是为自己而活，不是为他们而活。他们怎么评头论足，我不在乎，你妈妈也不会在乎。"

"呵！你又知道她不在乎？"

"我知道。"

小周和杨阿姨的手握在一起。小慧觉得反感。觉得抗拒。觉得不能接受。但她吵得筋疲力尽，无可奈何，说："算了，你们的事，我不想管了。你有本事，去说服你家里人吧。看他们着急还是我着急。看周爷爷不打死你！"

她抱着看好戏的态度。她实在不能接受。她做好决断母女关系的准备。

果然，小周的家人更发火。爷爷老周上来就给了小周两个响亮的耳光：“我给你介绍年轻的女儿你不要，非要跟着一个当妈的。她岁数比你妈还大，你要脸吗？在国外待了十来年，就学会这勾当了？你好意思的！你不要脸，我还要脸。你这让我老脸往哪儿搁！”

说着又要打杨阿姨，被小周拉住了。小周本来没让杨阿姨来的，怕被打骂，但杨阿姨坚持要来。

老周说：“你个老狐狸精，这么大岁数了，勾引我孙子！你都 50 岁了，好意思来勾引我孙子？我孙子才 25 岁，大好的前程，你要毁了他！不要脸的老东西！你还有没有良心？你个狼心狗肺的老狐狸精！我周家哪儿对不起你，你要这样害我孙子？你是要祸害他一世啊！呸！”

一口吐沫吐在杨阿姨脸上。

“你是要气死我啊？”老周对小周说，“你个没出息的小东西，居然给这个不要脸的老狐狸精给勾引了。你是没见过女的还是怎么了？你眼睛瞎了，看上这个老狐狸精？她是使了什么狐媚功夫，把你迷得五迷三道的，连爷爷的话都不听了？”

“爷爷，实话告诉你，我在国外读书的时候，从中学就开始谈恋爱。这些年来，我谈了两百个女孩子总是有的，几乎没间断过。什么女孩子都谈过，长的一个月，短的两三天，该见识过的都见识过了，我不是没见过世面。但她们都不是我想要的，感觉不对。她不一样。我喜欢她。我喜欢跟她在一块。我知道，这就是我一直想找的那份感觉。不是她勾引我，也不是我勾引她，就是我喜欢她，她喜欢我，两个人走到一块了。我爱她。我想跟她结婚生孩子，一起过日子。她比我年纪大，没关系，我不在乎年龄，她也不在乎。我们两个都不在乎了，其他人爱怎么想就怎么想，由他去。”

这些年，小周经常做梦梦到一个比他年长的女人。年长，但漂亮，看着很显年轻。他起初以为是妈妈，那个离了婚，几乎不来看他，他都忘记长什么样的女人。以为自己有恋母情结，渴望母亲的关爱。但后来觉得不可能，模样不像。直到那天见了杨阿姨，他才明白，原来他梦里的人就是她。他终于见到梦中的情人。她给他的种种感觉，温柔、体贴、成熟、善解人意，都是他幻想多年的，从未在别的女孩身上得到过的。他不能自拔地爱上了她。

而杨阿姨这些年来一直梦到的，是一个年轻健壮的男人，就像她老公当年刚去世时候的那副模样。这些年，因为梦里的人那样年轻，永远年轻，她也不敢老去，拼命保养自己。也是见到小周的那一刻，她才明白，原来她梦里的情人就是他，而不是早年死去的丈夫。她喜欢他，但没想到，他也喜欢她。

老周哭了，说：“作孽啊作孽。我前世作了什么孽，杀了什么人，放了什么火，做了什么猪狗不如的事情，老天爷要这么作践我？你这个小畜生！你让我怎么跟你爸妈交代！我的老脸没处搁！我可没把你教育成这副德行！”

“他们从小就不管我，这事也不用他们管。我自己做主就好。这是我的婚姻，我的爱情，我的人生，我的家庭，与他们无关。我什么都不要，就只要她。我很确定，她就是我这辈子最想要的女人，我爱她。不珍惜她，就太亏待我这一生了。其余的事，我不想理会。”

小周确实自己做主了，没听老周的劝说。杨阿姨也没听女儿小慧的劝说。他们没出国，杨阿姨说她待不惯国外。他们去了一个三线小城镇，没人认识的地方，在那边结婚生子定居下来。

杨阿姨显年轻，看着不过三十岁出头。小周虽然年轻，但留了络腮胡，成熟很多，看着也有三十多岁的样子。不知道的都以为他们是同龄人、恩爱夫妻。

第二年年初，孩子出生，白白胖胖的小男孩。51岁的杨阿姨抱着孩子哭了。总以为这辈子就这样了，等着老，等着死，等着孤孤单单一辈子，没想到还有这么一天。想都不敢想的。

像在做梦。

有时半夜醒来，一边是孩子，一边是小周。杨阿姨亲亲孩子，又亲亲小周，觉得有生以来，第一次这么勇敢，也这么幸福。

有时她觉得愧疚，对不住女儿小慧，也对不住老周。觉得羞耻，会被小区里的那些老邻居耻笑，被很多道听途说的人当一辈子的笑话。

但更多的时候，杨阿姨觉得无以言喻的幸福和快乐。这幸福无比浩瀚，无比真实，使她很快将一切流言蜚语抛之脑后，静静地躺在小周强壮的臂弯里，宽敞的胸怀里，抱着她挚爱的男人，安然睡去。

她和小周都不再梦到年轻的男子或是年长的女人，因为在现实生活中，他们已经找寻到彼此，一生圆满无缺。

退役的军人、抢劫犯、对鸡蛋过敏的小女孩

老袁是孤儿，父母早死，舅舅、舅妈把他带大。成年后，服兵役。他身强体健，脑子好使，本有大好的前途等着他，可惜在一次演习中摔断了小腿，伤到了神经，恢复后一瘸一拐，走路也不利索，只能退役。

退役的老袁孤身一人，纵使长相孔武有力，颇有男子气概，但无父无母的，又瘸腿，谁给介绍女人？一直打光棍，拖到四十岁才跟邻村的一个寡妇结婚。寡妇年轻貌美，结婚第二年，生下儿子大伟，偷偷摸摸地跟一个做生意的男人跑了，再不回来。从此光棍老袁和大伟父子俩相依为命。

老袁是男人家，难免粗鲁些，不懂疼爱。老来得子不容易，爱之深、责之切，加上军人出身，管教很严，大伟很怕他。

动不动就不给吃饭、罚跪地板、打骂、扇耳光、揪耳朵、拿木条抽。结果适得其反，把大伟教出了一身的叛逆性子，从小就欺负人，学校里的小霸王，班上同学个个都怕他，被他勒索、威胁、抢东西吃。

放学了，大伟往十字路口一站，路过的都要收过路费。没钱就给吃的。不给？打！别看大伟瘦瘦巴巴的，力气大得很，手脚快，几个拳头上来，大人都要吃亏。有一次不给的，挨打一顿，下次就老实了。到了高中，大伟已经跟学校外面一群不学无术的小混混打成一片，成了一带地头蛇，老师都不敢招惹他。

高中毕业后，反正也考不上大学，大伟跟着那几个小混混们进城打工。平日里好吃懒做惯了，哪会老老实实去干活？三天打鱼两天晒网的，不按时做工，哪能攒下钱来？又要吃又要喝又要抽烟的，都缺钱。人为财死，缺钱久了，不免有些手脚不干净，干些小偷小摸的事。

有一天晚上，几个人喝了点酒，看路边停了辆出租车，司机坐在路边啃包子。兄弟们怂恿大伟过去借点钱花。就着酒劲，大伟冲过去对司机一顿拳打脚踢，把钱包抢走了。那钱包里一共就 40 元钱。

从前不过是在村里小打小闹，没人管，而且还未成年，就当小孩子闹着玩，没当回事。如今成年了，在大城市抢劫出租车司机，构成刑事犯罪案件，上报纸新闻了。脸上打马赛克。

光是抢劫，就要判三年以上有期徒刑，加上司机被打成重伤，身上好几处肋骨骨折，在医院躺了大半个月才出来。幸好没死，不然刑法更严重，可能要判无期徒刑甚至死刑。最终大伟给判了八年有期徒刑。

刚成年没半年，就要蹲监狱八年。人生中最青春美好的八年啊。能怪谁呢?

老袁听说法院判决的消息，气得当场吐血昏迷。醒来拍桌子大骂:“孽子！孽子啊！畜生才能干出这种事来。怎么就生下这个小畜生?上辈子欠他了?当初他妈跑了，我就该捂死他算了。留这个祸害在世上干什么?作孽。害人害己。我是自讨苦吃。”

老袁一晚上没睡，翻来覆去想不开，堂堂一个军人，居然生出了当抢劫犯的儿子，不要叫人笑死?第二天一早上吊了。

新房没有房梁，老袁用绳子系在窗口的护栏上，吊着脖子。邻居周大妈过来借秤杆，开门瞧见老袁都快断气了，脖子青筋直冒，眼睛勒出来老大，舌头吐出来，吓得魂飞魄散，大声叫救命。

周大妈一时找不到剪子，从厨房拿了把菜刀，一刀砍过去，把绳子剁开了。老袁滚到地上大口喘气，哭着说:“你救我干什么?你让我死了算了。一把年纪，丢不起这人。女人跟人跑了，儿子抢劫坐牢，你叫我怎么过?我堂堂部队军人出身，干的都是保家卫国、为国为民的正派事，光宗耀祖，生个流氓儿子祸国殃民，当抢劫犯，叫我还有什么脸面去见那些老战友？”

周大妈安慰他：“大伟是大伟，你是你，你一个人把他拉扯大，不容易，我们都看在眼里。他不忠不孝、不仁不义，不能怪到你头上。一人做事一人当，他抢劫了，就让他坐牢去。不关你的事。你得好好活着。好死不如赖活着。哪能寻短见呢？多大岁数的人了，还寻死觅活的，也不怕叫人笑话。”

60 岁的老袁坐在地上哭：“我命薄，享不起福。还指望大伟早些结婚成家，过两年我能抱孙子的。屁！就当没这个儿子了。老汉我一个人终老，自己给自己送终吧。”

大伟在外面无法无天，进监狱老实了。外面都是怕事的老百姓，认定多一事不如少一事，你一狠，他们就怕，拿钱消灾保平安。到了监狱不一样，个个都是狠角色，你跟谁狠去？因为是重犯，同区监狱关的也都是重犯，判的年份比他更长久，二十年、三十年、无期，都是杀人犯、诈骗犯、强奸犯，谁敢跟他们斗狠？关了七年，大伟老实了不少，因为表现不错，还减刑了一年，提前放了出来。

大伟回到老家，个个都不认识。比从前黑了，壮了，有男人味了。老袁见他回来，抓起桌上的碗筷就扔，抄起墙角的锄头就要打：“你个孽子！你个不要脸的东西，还回来干什么？”

大伟说：“这是我家，我不回来，回哪儿去？”

“滚滚滚，滚得越远越好，你爱去哪儿就去哪儿，跟我没关系，别在我跟前晃荡就好。我就见不得你这人模狗样。”

邻居们都来劝架：“回来是好事。减刑一年呢，大伟肯定在里头学好了。刚给放出来，你不让他回来，他到哪儿去？到外头再学坏了？浪子回头金不换。孩子要学好，你也要给他机会啊。虎毒不食子，你还要把他打死呢？”

老袁想想也有道理，如此也就让大伟住下了。25 岁的大伟，住下不过三五天又出去了，招呼也不打一声，过了两个礼拜又忽然回来，来去无踪影。这次带了个 30 岁上下的丰腴女人回来。老袁瞅着女人上看下看，说：“这是谁？”

大伟介绍：“这是桂芳。”

“桂芳是谁？”

“大明的老婆。”

“大明是谁？”

“我在里头认识的兄弟，打工的，跟老板有纠纷，吵起来，失手杀了人，给判了无期徒刑。”

老袁皱眉头，杀人犯的媳妇？撇嘴说：“你把人家的媳妇带回来做什么？”

“大明本来判的无期，在里头又闹出事来，把人打成重伤，改判死刑了。临走前交代了，让我出来了照顾他媳妇。”

“哦，”老袁反应过来，“她是寡妇啊。让你照顾她？你把她带回来了？你要娶这个寡妇？你倒是学会讲信义了。”

桂芳“啧”了一声，说：“老头子怎么说话呢？寡妇怎么了？你不是也娶的一个寡妇，还跟人跑了？”

看来大伟早就跟桂芳交代了一切。

老袁笑笑：“你看着办吧。你的事，你自己管。我老了，管不来。反正我没钱给你办喜事。”

“我嫁过来不图钱，就图大伟这人，老实，对我好。”

老袁摇头：“就他？蹲牢房蹲了7年，还老实？你说给当年那被抢劫的司机听去。”老袁想想就发笑，“也是，比起你那杀人犯的男人，大伟是挺好的了，只把人打成重伤。”

“这老家伙。咋这么惹人讨厌呢。”

“别跟他胡搅蛮缠。”大伟说，“我们过我们的。”

就这样，大伟和认识不到一个礼拜的外地女人桂芳结婚了。邻居们都稀罕：这大伟不简单啊。刚从“里头”出来，就给自己找了个女人。比他爸爸有出息。说来也巧，他爸爸找了个寡妇，他也找了个寡妇，当真是有其父必有其子啊。就怕哪天这女人跟大伟妈妈一样跟人跑了！

结婚第二年，桂芳给大伟生了个女儿，取名昕昕。

“女孩好。女孩比男孩好。”

家中出了个孽子，老袁反而喜欢乖巧听话的女孩。从前对大伟和桂芳两口子不理不睬，虽然同住一个屋檐下，但吃饭都是分开吃，各吃各的。现如今抱了孙女，心里开心，一家人终于坐上一桌。邻居们瞧着也替他们开心：不容易啊，多少年了，这个家终于有个家的样子了。

幸福来得快，去得也快。

昕昕两岁的时候，被查出对鸡蛋过敏。

那天中午，老袁一个老战友过来吃饭，桂芳炒了几个家常菜给他们下酒。昕昕刚学着用筷子，桂芳把鸡蛋夹碎了喂她吃。昕昕吃完，忽然面红耳赤，喘不过气来，大哭大闹，接着脸上、手上、身上都长满细细密密的红疹子，又痒又痛。

老战友说："孩子不会是过敏了吧？"

老袁喝着酒，摸摸酒盅说："酒精过敏？闻到酒精了？"

"别瞎说。光是闻到哪会过敏？又没给她尝。"大伟说，"孩子都难受成这样了，先送去医院看看吧。"

送去医院做检查，确实是过敏，而且很严重，孩子都要休克了，赶紧打针吃药。医生问："你们给孩子吃什么了？"

桂芳说："没什么啊，就几个家常菜，拌黄瓜、炒丝瓜、番茄炒鸡蛋。"

"有哪样是第一次吃吗？"

“黄瓜、番茄之前就给她吃过的，丝瓜汤也烧过。没哪样第一次吃。”

“鸡蛋呢？”

“鸡蛋倒是头一回。”桂芳笑，“总不可能是鸡蛋过敏吧？哪有人对鸡蛋过敏的？”

医生很严肃地说：“你不要笑，世界之大，无奇不有，对鸡蛋过敏的人不是只有你女儿一个。有人症状轻，有人症状严重，你女儿算很严重的。幸好送来及时，不然可能就窒息而亡了。”

桂芳吓傻了，她头一次听说还有人对鸡蛋过敏。那就跟吃米饭过敏一样了。怎么可能？

老袁问：“那咋办？”

“有什么咋办的，不吃鸡蛋就行了。一丁点儿都不能吃。最好家里给她另外准备个锅，单烧她一个人的饭菜。”

桂芳说：“不是说不给她吃鸡蛋就成吗？怎么又要另准备个锅了？”

医生说：“她要是对牛肉、羊肉过敏，那另说。牛肉、羊肉本就吃得少。鸡蛋差不多是天天吃的，就算这个菜里没鸡蛋，搞不好中午炒了鸡蛋的锅里还有鸡蛋的碎片，或者昨晚打了蛋花汤。你女儿是一点鸡蛋也不能碰的，碰了就过敏，就要长疹子，就会呼吸困难，甚至休克窒息。饭碗也要给她另外准备。

总之，她的吃食、碗筷都要另外单独使用，不能混淆。千万别让她在外头随便吃东西。”

“那要是去亲戚家呢?”

“要么别去，要么，就自己带个饭盒，自己准备饭菜，别吃人家的。”

“这也不像话啊。人家大喜事，我们自己带饭盒去吃饭？丢不丢人?”

“你是要面子，还是要你女儿的命？我说了，她过敏很严重，一点儿鸡蛋也不能碰。你们看着办吧。”

桂芳不死心，不信医生说的话，回到家，悄悄地又给昕昕吃了一点鸡蛋羹，只挖了一小勺，没想到昕昕咽下去后，顿时就喘不过气来，涨得满脸通红，呼吸困难，手上都是红疹子。赶紧送医院。

医生说：“哪有你这种当妈的？你这是要你女儿的命啊。快进抢救室。”

老袁也跟着骂：“你这是谋财害命，要害我孙女。”

大伟说：“你想的什么鬼东西？医生都说了昕昕对鸡蛋过敏，你还给她吃！你想她死，是不是？是不是！”撩起衣袖要打人。

桂芳哭：“我就是不信，哪有人对鸡蛋过敏的？说不过去啊。摊上这么个烂摊子，以后吃什么都得另外给她准备个锅、准备个碗筷，出门都得自己带饭菜，多大的累赘！世上哪有这种人？上辈子造了什么孽？我可不要照顾她一辈子。这哪是养女儿，分明是前世来报复的冤家。”

哭哭啼啼把孩子带回去，从此每顿饭都要做两锅，每道菜都是两份，昕昕的碗筷都是另外用盆子洗，隔离传染病人似的，不敢让她碰到一丁点儿可能含有鸡蛋的东西。桂芳觉得做这么个家庭主妇真累。大明怎么把她托付给大伟这么个破落家庭？就不能找个兄弟姐妹多些的，能帮忙分担家务的？找个有钱的人家就更好了。老袁没工作，靠那点津贴，能干什么？大伟开摩托车运货的，也是不中用。她在家农忙种田，能有几个钱？又摊上这么个孽障女儿。苦啊。这日子什么时候是个头？

觉得苦的不光是桂芳，大伟也觉得苦。想不通，女儿怎么就得了这个怪病。是老天爷给的报应吗？当初抢劫的那事？真是笑话。报应也不带这么报应的，报应到下一辈头上。哪有人对鸡蛋过敏的？从没听说过。鸡蛋这么好的东西，平时舍不得多吃，昕昕居然一吃就喘不过气来，满身长疹子，什么说法？他自己没这毛病，桂芳也没这毛病，那从哪儿遗传来的？该不会是桂芳跟别的汉子生了这孽障吧？桂芳没这个胆子。那咋回事？这毛病不可能无缘无故冒出来的，总有个来头。

生命太短暂，就像一朵花，有它的花期。最迟最迟，到了冬天总会谢，我们无力改变。要是遇上狂风暴雨，天灾人祸，过早凋零也是无可奈何。能做的，就是在短暂的花期里，尽情绽放，不要有遗憾。

就像大海里的一座荒岛，地震、海啸，说不清明天。但有一颗种子降临，被海风吹到此处，便要让它生长存活，枝繁叶茂。

大伟越想越气，越想越不对头，想到几个邻居，确实有几个男人对桂芳格外亲热，难不成当中有猫腻？

这天下午，大伟开摩托车送货，心浮急躁，上桥时候开得太快，下桥时候冲得太猛，车子老旧了，部件坏了总拖着没修，刹都刹不住。刚好路口转弯来个大卡车，后面装了一大箱西瓜。大伟赶紧转龙头，没撞到卡车，撞上桥栏石头柱子，安全帽没戴好，飞了出去，头“嘭”的一声撞在柱子上。

人没死，但撞出了脑震荡，在医院昏迷了两天。第三天下午醒来，一家老小都站在病床旁边，大伟迷迷糊糊的，谁也不认识。

医生说：“他脑子受了伤，刚醒过来不认识是正常的，恢复些时间就好。”

果然，恢复了两天，认识人了，知道老袁是他爸爸、桂芳是他老婆、昕昕是他女儿，但是反应很迟钝，问他一句：“怎么样？疼吗？”他眼珠子转转，盯着天花板好一会儿才说：“疼。疼得很。”

问他：“要不要喝水？要不要吃水果？削个苹果给你吃？”

东看西看，好一会儿才说：“要喝水。”

尿在床上了，才说：“我要尿尿。”

问他：“16 加 21 等于几啊？”

他嘿嘿笑，掰着手指头算，说："37 啊。"

"乾隆是雍正的谁啊？"

"乾隆是雍正的儿子。"

智商还在，还是成年人的正常智商，但迟钝了很多，反应慢了好几拍。医生说要调养休息，但究竟什么时候才能恢复，很难说，也许一辈子就这样了。

"一辈子这样？"桂芳不敢相信，"家里一个老头子，什么事都不干，一个女儿对鸡蛋过敏，什么都不能吃，现在又来个疯疯傻傻的男人要我照顾？这成了谁的家？敢情我嫁过来一点福气没享到，还要做牛做马伺候一家老小？我这是什么劳碌命！之前是个杀人犯，现在来个抢劫犯、脑震荡，我不是踩到狗屎，我是掉到屎坑里，这辈子都洗不清了。"

脑震荡的大伟生活自理能力还不如小学生。昕昕已经能自己吃饭了，不用喂，大伟倒好，吃饭总往桌上掉米粒，喝汤勺子抓不稳，总滴在桌上，走路一拐一拐的，上厕所总会尿在裤子上。洗了一回两回，桂芳懒得洗了，给他买成人纸尿裤，由着他拉在身上，臭气熏天。有时候桂芳气得要打人，就拿大伟撒气。他虽然还是体健如牛，但脑子不清楚，不懂反抗，一味地躲闪，甚至哭。

"多大的人了！都快 30 岁了！哭个屁！"桂芳骂，"才 30 岁就把日子过成这副德行，以后怎么好？”

大伟蒙了，傻站着看着桂芳。像被老师罚站的小学生，很委屈的样子。

这日子过不下去了。某天晚上，全家人都睡下了，桂芳跑了。谁也没见着她什么时候跑的，跑哪儿去了，总之人不见了，什么也没带走。邻居们纷纷可怜：这老的老，小的小，壮年的又傻乎乎的，都要人照顾，这个家庭怎么办！

也有女人对桂芳表示理解：换了我，嫁到这么个人家，我也要溜。日子没法过！

没办法，老袁一把年纪，70岁的人了，头发都白了，担起照顾儿子、孙女的责任。

没过一个月，桂芳回来了，带着一个陌生男人，很高大。那男人到老袁家，二话不说，就把老袁给打了，下手毒辣，往死里打。等邻里人喊了救命，一大群人赶过来的时候，那男人已经溜了，老袁被打得鼻青脸肿，满脸血，昏了过去。

打电话送医院，打电话报警。但谁也不知道那男人是谁。问桂芳，桂芳说：“我也不认得他。村头遇上的。说顺路，想要碗水喝，我就把他领回来了，哪晓得到了家就打人。神经病似的。兴许是哪个疯人院里偷偷跑出来的吧。”

邻居们不信："瞎说。你不认识他，他能跟你回来？你敢带他回来？你溜出去大半个月，溜哪儿去了？干吗去了？咋就这么巧，你一回来，就碰上他了？别是你找的人把老头子给打了。两个人商量好了，狼狈为奸，谋财害命。那男人就是你在外头勾引的野汉子。"

桂芳说："饭可以乱吃，话可不能乱说。你要讲证据的。不然就是诬赖、诽谤，我可以上法庭告你的。谁有证据证明我认识他？谁有证据证明我叫他打人的？说啊！说啊！你们倒是说说看！我脑子糊涂了，干吗叫他干这种事？我有什么利益可图？"

有人嘀咕："谁知道呢，小的身体不好，大的疯疯傻傻，老的给打死了，家里钱财不都到你兜里了？"

桂芳大骂："谁说的！站出来！我嫁给大伟这几年，我享过什么福？我吃了这么多年苦，没抱怨过一句，就算家里有钱，也该是我的。我何必用这法子？我什么都不干，到头来家里的钱还是到我兜里。我是怨大伟不中用，但我没这么狠的心，要把一个老头子打死。菩萨在天上看着呢。"

"那你怎么不拦着那男人？"

"说我不拦着的，你去拦拦看！看你有多大的力气，能拦住那么个大高个的男人。我使出吃奶的劲儿，他一拳头打过来，我也是人啊，也会怕，也会躲。他把老头子打成那样，我哪有胆子上去拼？大伟那么大的高个子都吓傻了。”

然而不管怎么说，老袁成了植物人。因为伤势严重，从民事纠纷上升到刑事案件，那男人被通缉了。可谁也不知道那男人是谁，连长相都没看清楚。派出所的人问桂芳，桂芳也是老一句：“村头碰见的，也没问什么话，哪记得他长什么模样？到附近疯人院查查吧，看有没有偷偷逃出来的，兴许就是了。”

如此，这通缉令就有点不明不白。没有目击证人啊。当时小孩子在午睡，大伟疯疯傻傻说话迷糊，就一个桂芳看到了，还记不清了，说当时吓傻了。那怎么办？通缉令成了空头指令。那个男人逍遥法外，抓不到。

抓不到犯人，没人赔偿，老袁的医药费也成了问题。农村医保很有限，植物人天天要人照顾，医院问桂芳：“现在家里就你当家了，你看老袁，还要不要治下去？治不治你都给签个字。”

桂芳摇头：“不治了。我要照顾大伟和昕昕，哪有工夫照顾他个老头子？”

老袁被送回家，不过一个礼拜，死了。

在老袁的葬礼上，大伟哭哭啼啼，但他自己也不知道哭什么。他总是晕乎乎的，没个清醒的时候。大家都觉得他这辈子就这样了。脑子给撞坏了。

没过一个月，大伟也死了，夜里上茅坑的时候，一不留神掉了进去，淹死了，捞上来浑身屎尿、一身蛆虫。

有人叹息：“可怜老子刚没，儿子也没。一个植物人，一个脑震荡。”

有人谣传：“什么一不留神掉进茅坑里！我看哪，分明是那婆娘心术不正，先找人整死了老袁，又把大伟推到茅坑里淹死了，还说他自己脑子不清楚、不小心，就是要来夺家产的。”

桂芳听到谣言，破口大骂：“放你的狗屁！大伟有几个家产给我夺？给他们父子俩办完葬礼，还有几个钱？我用得着干这么吃力不讨好的事？都是吃饱了撑着没事干，来看我们家笑话了。你有那么狠的心，我可是老实人。”

父子俩都没了，桂芳待在这儿也没意思，把老袁家的房子给卖了，田地都租出去。这还是当初老袁退伍的时候，村委会给分配的房产、地产。因为急着要搬走，出价很便宜。大家一看出价这么低，议论纷纷，说桂芳耐不住了，要卷了钱亡命天涯。没人敢买。桂芳把价钱压得一低再低，终于有家养鸡的出钱接手，买下老袁的房产、地产，改造成了养鸡场。桂芳拿了钱带着女儿走了，回山村老家。她老家在哪儿？没人知道。大家只知道她是大伟带回来的外地女人，背景模糊。

听说，回老家的路上，昕昕吃了火车上的盒饭，盒饭里有炒鸡蛋，当场过敏，呼吸困难，休克，死了。桂芳哭哭啼啼，抱着女儿的尸体跟火车站的人投诉，火车站怕把事情闹大，给桂芳赔了很大一笔钱私了，就当昕昕是意外身亡。

听说，桂芳回了老家，跟那个被通缉的男人好上了。

听说，那男人就是之前桂芳老公大明的表哥。

村里人这么谣传着，都说桂芳是个歹毒的女人，祸害了老袁一家，捞走了老袁的房子，还从女儿昕昕身上捞了一笔横财。大伟把她带回来，是引狼入室。但谁也没有证据。只是道听途说，还越说越玄乎，简直成了传奇。

龙生九子，天差地别

30年前，小张20岁的时候，在大学里组建了一个文学沙龙。

学校有官方文学社，小张加入了，觉得太官腔。写的虽不是八股文，但每次都是一个调调，歌颂社会美好、宣扬真善美，千篇一律、如法炮制，而且很浮夸，不接地气。像在交作业哄老师，也哄自己，一点发自肺腑的真情实感都没有。文章本天成，妙手偶得之。这样完全公式化了就没意思了。

所以干脆自己组建了个文学沙龙，把喜欢读书、写作的同学们拉了进来。

起初大家都觉得新鲜、时髦，想凑热闹。风风火火的，五六十人来参加，挤满整个教室，人声鼎沸，很吵闹。渐渐地，三分钟热度的同学不活跃了，觉得没劲，不来了，退出沙龙。真正坚持阅读、写作的就六个人。除了创始人小张，还有小赵、小李、小冯、小邹、小杨。

沙龙每周末晚上会有写作点评。找个空教室聚一聚，大家把最近写的文章拿出来，相互评论，选出最好的，寄去省里的报社投稿。

小张是组织人，相当有才华，同时也很会做人。他的点评，夸奖的部分居多。每个人写的文章他都要夸奖一番。这个不错，那个也不错。笑嘻嘻地说："在座的各位写得都不错。都是未来的文学之星。加油加油！"个个都听得很高兴，下次还愿意来。

小杨看不惯小张这副德行，觉得惺惺作态，很虚伪。都是同学，要这么溜须拍马干什么？奉承谁啊！又不是当官的要赶着去巴结，尽说些没用的场面话。

他索性跟小张对着干。抬杠。小张前脚刚说谁的文章好，小杨后脚立马就反过来说这篇文章差在哪儿。

小杨本意是想臭小张，让他下不了台，哪晓得小张一点也不在乎。小张很聪明，很有文学鉴赏力，他早就知道这篇文章的好处和差处，但为了鼓励大家多创作，继续努力，通常只讲好处，差处就蜻蜓点水，一带而过。也是顺便卖个人情，希望大家以后还愿意过来。毕竟沙龙里就这么几个活跃成员了，不敢太批评，怕气走了人。

但被小杨点名大骂的人，常常气得面红耳赤，一个个猴屁股。

小杨见大家都被他呛得说不出话来，很是得意，像个威风凛凛的大将军，挂帅扬旗，站在阵前跟成千上万的士兵们训话。

他诲人不倦，说："你们呀，都太年轻了。有时间，应该多阅读经典，慢慢积淀。别着急下笔写。20多岁，能写出什么货色来？不是惹人笑话吗？你能去跟那些大师的经典比？当然只能写出文字垃圾来了。"

小杨尤其强调"文字垃圾"四个字，一次又一次地声明："不要误会，我不是针对你，我是说，在座的各位，写的都是文字垃圾。"摇摇头，"一文不值。"

被指着鼻子骂的小冯不乐意了。

6个人里，小冯的文章是写得最不好的。他最没天分。不过是有点文艺梦，来熏陶熏陶。每次小张夸他的文章都要琢磨好久，想出个值得一夸的点来，不能太随便夸。小冯好不容易被小张夸奖了两句，洋洋自得，很有价值感、成就感，小杨立马来臭他，当然要不痛快。

起初还憋着，忍气吞声。小张不让吵架，说要以和为贵。憋得久了，小冯憋不住了，扯着嗓门，冲着小杨喊："照你这么说，我们都别写了？那还搞这个沙龙干什么？搞屁啊。你厉害！你咋不上天呢？还来跟我们这些没出息的小喽啰们较什么劲？阴阳怪气的东西！赶紧走吧！小庙供不起你这尊大佛！还不快回家读你的《论语》去。等着你哪天大笔一挥，顿时就写出本《红楼梦》来。在座的各位垃圾箱都等着拜读呢。”

小冯人高马大，体型健硕，说着说着就攥紧了拳头要打过去。他那一拳头砸下来，小杨肯定要进医院。

小张、小赵过来拉。小邹站着不动。

小李帮着打圆场：“经典也是人写的。大师也是从小师成长而来的。哪能一步登天呢？总要有个学习的过程吧。咱们慢慢来吧，急也急不来。曹雪芹写出传世的《红楼梦》前，肯定也写出了很多没能传世的作品，但并不代表那些都是文字垃圾呀。长篇小说也都是从短篇小说写起的。你不能光羡慕有人站在山顶上，一览众山小，却鄙视别人从山脚开始往上爬。都是一个积累的过程。量变了才能有质变。你说是吧？”

小李不说话还好，一说话，小杨的话锋转到他头上，机关枪似的，把小李的文章狠批了一顿，说他是文盲，写的句子狗屁不通。

其实小李的文章写得挺好的，在这拨人里，除了小邹，小李文笔最好，最有天赋。但小杨偏偏不拿他跟别人比，非拿他跟那些经典文学名著比，说小李写的小说刻画人物形象单一，环境描写全无特色，一点画面感也没有，上不了台面。

毕竟才 20 岁，年轻，要学的还多，但又年少气盛，想给自己辩白。小李支支吾吾，气得涨红了脸，说不出话来。

小杨一场点评下来，个个灰头土脸，最后不欢而散。

看大家垂头丧气，小杨特别得意。他就是看不惯小张。得意个什么劲？自以为是个帮派小老大了！一副领导人的样子！拽个屁！小张用心组建的这个文学沙龙，他偏要搞分裂。看到大家都不开心，他特别开心，特别有成就感。自己组建不来一个沙龙抢风头，能毁了小张的沙龙、灭了小张的风头，也是人生一大乐事。笑着看他人哭，站着看他人爬，岂不快哉！

不久，小李的一篇文章上了省里的报纸。小李激动不已。小张也替他开心，帮他在学校宣传，在文学社的校刊上写文章说这事，夸奖小李的文笔。

小张前脚刚把文章交上去，小杨后脚就跟同学们说："别听他的瞎话！小李的文章我看过，"撇着嘴摇摇头，像便秘的老人在上厕所，"一个字：差！瞎了眼的人才会去看小李的文章。小张那人，不要脸，就爱奉承人，拍马屁！和小李两个人尽搞些狼狈为奸的勾当。私下关系乱七八糟，很是暧昧，说不清楚！都是乌合之众！没出息！"

小杨自己很少写文章，写出来了，文笔也是一般般，全无特色，跟小冯差不多，在6个人里排最后面。但他一张嘴很灵巧，能说会道，有模有样，说得一堆人都信了——小李的文章虽然上报纸了，但一个字：差。

那些同学，男的爱看武侠小说，女的爱看言情小说，没人看过小李的文章，对小李不熟悉，也懒得去熟悉。一家之言，先入为主。道听途说了小杨一番慷慨激昂的言论，字字在理，有根有据，谁要去熟悉那个文章写得很差劲、人品有问题、总爱跟人相互奉承、捧臭脚、狼狈为奸的人？恶心到家了。

小李听说这事，气得不行，找小杨质问："我他妈招你惹你了？你嘴巴给我放干净点！"

小杨莫名其妙："我怎么了？"

"你干嘛逢人就说我文章写得差？说我写的是文字垃圾？你造谣！你诽谤！你是不是脑子有问题？闲着没事干，非要讽刺人，给人心里添堵？"

小杨笑笑说："你文章本来就写得很差啊。你的文字本来就都是垃圾啊。"

然后一顿比较。照样是拿小李的文章和那些七八十岁的老作家的文章对比。

小李气得说不出话来。他承认，他还年轻，比起那些老派作家，他的文笔还太稚嫩。"但是——"他很想说出个"但是"来，又说不上。他只会写文章，嘴巴不利索，不会跟人吵架。别人说一句，他要想半天回。急躁起来甚至要结巴。气不过，握紧了拳头要打人。想想真要打了，到时候还指不定小杨又说出什么话来呢。还是算了吧。

第二天晚上沙龙聚会，小张跟小杨说："你以后不用过来了。"

"什么意思？"小杨不爽，"就因为我说了实话？天下还不容人说实话了？什么世道！"

"因为你不尊重人。"小张说，"各人审美有不同，你可以不喜欢，甚至可以说差劲，但没必要逢人就诋毁他人作品。海纳百川，有容乃大。何必这么尖酸刻薄、小家子气？就是舍不得称赞别人，认可别人的成绩？沙龙做了这么久，从没听过你说一句正面话。不过是个相互鼓励的小组织，大家都是慢慢成长的年轻人，何必这样趾高气扬、咄咄逼人呢？"

"拉倒吧！就这点水平，还想叫人尊重，叫人称赞？笑死人了！就因为我是个明白人，没跟你们同流合污，就要排挤我、封杀我？好大的脾气！好正派的组织！"

小张冷笑摇头："无能的人、自己不能创造价值的人，才会借由诋毁他人的方式，为自己寻找存在感、成就感。有这时间，为什么不自己去创造价值？你与其整天骂我们文章写得差，为什么不自己写篇好文章来，让我们心服口服？"

"创造价值？笑话！这才上了一次报纸呢，就创造价值了？

好大的口气！文笔水平没见提高多少，口气倒是不小！这就开始党同伐异、排除异己、搞小团体了？这么自我膨胀？自以为是文曲星下凡的大文豪吗？啧啧啧！也不瞧瞧自己几斤几两。上过一回报纸而已，得意个什么劲！”

“究竟是我们在排除异己，还是你在疯狗咬人？谁先出言不逊的？”

“骂我是疯狗？你算个什么东西！”

“你见一个骂一个，不是疯狗是什么？总是冷言冷语地数落别人，谁乐意跟你做朋友？不是我们想搞小团体，是你逼着我们抱团取暖。”

“忠言逆耳啊！你们这群不长进的东西，只听得进奉承话，听不进批评意见。能有进步的余地吗？”

“不是听不进批评意见，是你太刻薄，根本不是批评，是谩骂。”

“哟哟哟，你还真当自己是皇帝了？你说的话就是圣旨了？我凭什么要听你的？我每句话都要嬉皮笑脸讨你的欢心？”

“你不必阳奉阴违说好话，也不必阴阳怪气说难听话。人家卖水果做生意的，卖你个烂苹果，跟你道个歉，给你换个好的。你还不依不饶，在门口大喊大叫，说这是黑店，大家都别买。你这样大张旗鼓地拆台，耽误人家做生意，小心老板找人削你。”

“你吓唬我啊？还卖水果！你当自己是生意人呢？你当写文章是在做买卖呢？什么创造价值！也不撒泡尿照照自己什么样！人模狗样！”

“你挑剔，没人怨你，但你总是这样鄙夷不屑、挖苦嘲讽、盛气凌人、尖酸刻薄，这么爱给人拆台、扣帽子，就很叫人恶心了。有这工夫对别人指指点点，不如管好自己。”

“怎么着，你嫌我恶心，有本事你找人来削我啊！有本事来打断我的腿啊！看你有没有这胆量！怂货一个！”

“我不会找人削你的，我没这工夫。但就凭你这张臭嘴，不愁以后没人削你。多行不义必自毙。你就自求多福吧。”

被赶出沙龙后，小杨更加和小张他们对着干，处处唱反调。

后来，小邹的文章也上报纸了。小张夸了一番，小杨跟着诋毁了一番。

小邹倒是无所谓，他很清高，桃花源里的隐士高人一般，文章写了，无论他人怎样评价都不介意。小张的夸奖、小杨的诋毁，他都没放在心上，自顾自写作。

后来，小冯的文章也上报纸了。小张夸了一番，小杨跟着诋毁了一番。

小冯不乐意，想找人把小杨揍一顿。癞皮狗似的，还黏上人了。看来不给他点颜色看看不行啊。

小张给他支招：“算了算了。你找小赵、小李、小邹给你说说好话就行了。别惹事。”

小冯就去拜托小赵、小李、小邹。小赵、小李都帮忙说了两句好话，小邹不同意，他清高、直爽、率性，觉得小冯这篇文章确实不怎么样，不值得夸奖。这次上报纸不过是瞎猫碰到死耗子。兴许是这个月报社收到的稿件不足，滥竽充数吧。小邹不喜欢故意奉承，违背本心。他也不想惹是生非，抨击谩骂。他只是懒得搭理别人。

小冯说：“上回你的文章上报纸，小杨诋毁你，我还帮你说好话了呢。”

小邹说：“我又没求你。”

小冯说：“你这人怎么这样？”

小邹说：“我就这样。好就是好，不好就是不好。不能颠倒是非黑白。不说违背良心的话。”

小冯说：“我们一起创办沙龙，当然要联合起来，互帮互助。特别那个小杨还总在背地里诋毁我们。”

小邹说：“身正不怕影子歪。他诋毁他的，我不在乎。我也不想和你们联合起来。要联合，你们自己联合吧，跟我没关系。我没兴趣。”

索性退出了沙龙。

小邹很清高，早就看不惯小张那种商人社交式的行为，把这个文学沙龙搞得乌烟瘴气，文学气息全无。太玷污了。太没骨气。什么联合、联盟，他才不愿为五斗米而折腰。他自诩为当代的陶渊明。

小杨听说颇有才华的小邹也退出小张的沙龙了，兴奋不已，终于找到同仇敌忾的盟友，逢人就说："那什么狗屁文学沙龙啊，根本就是蛇鼠一窝，小圈子自娱自乐、互捧臭脚罢了。看，小邹都受不了了。小邹才是真正的文学青年，未来的文学大家。你们等着吧。时间会证明一切。我说得准没错。"丝毫不记得前不久他才骂过小邹的文章。

小杨跑去找小邹，嬉皮笑脸，号召小邹一起另办个文学沙龙和小张对着干，好好教训教训那群"文学败类"。

小邹瞟了小杨一眼，头也不抬，说："他们互捧臭脚，你也是蠢猪一个。"

小杨眉毛一扬："你骂谁呢？想打架？走，有种出去单挑！"

小邹看也不看他。懒得搭理。

世界之大，小邹的眼里只有一个人：他自己。

轮到小张的文章上报纸的时候，之前上过报纸的小李、小冯都非常大力地帮忙做宣传，写文章夸奖。他们三个像是固定捆绑在一块了。总是同时出现。

用小冯的话说，这叫“强强联合”。

用小杨的话说，这叫“臭气相投”。

小邹是从此再不搭理他们了，你走你的阳关道，我过我的独木桥，一个人独自写文章，我行我素，独来独往。

小赵是不爱惹是生非，不想招惹别人不痛快。小张来找他，他就帮忙说两句，也不刻意跟他们走得有多近。平时就老老实实看书、写文章。

小杨自然是马不停蹄地在背后说小张他们的坏话，逢人就骂，破口大骂，就像一个白发苍苍的耄耋老人骂他忤逆不孝的赌徒儿子，很有恨铁不成钢的意思。

然而，这都是三十年前的旧事了。

后来的后来，小张成了老张，成了张总。老张凭着他的文学才华和庞大的人脉关系、敏锐的商业头脑，办了一家文化出版公司。他热爱文学，同时清醒地认识到，可以拿这个来做生意挣钱。自己写作出书，并签下很多作者，大量出版，成了国内知名的文化公司大老板，每年都上全国作家富豪榜前十，好几次排名第一。只要他出书，当年的全国图书畅销榜，必然他第一。独占鳌头不说，还远远领先第二名很多。

小李成了老李。他有创作才华，也会看人。知道自己只会写文章，不懂人情世故，不会说话，就一直跟着老张混，成了老张公司旗下的头牌作者，一把手。稿费颇为丰厚。也常年在作家富豪榜前十。还拿了不少文学类大奖。难得的文艺、商业通吃。虽然常有别的出版社编辑来挖他，但他一心跟着老张。他信任老张，老张也信任他，两个人是老搭档，亲密无间、情同手足，甚至有人谣传他们私下关系不一般，很暧昧。

小冯成了老冯。他虽然文学创作才华很有限，文章写得不行，但也一直跟着老张，后来做了老张公司的责任主编，不写文章了，忙着行政事务，经常出差。

老冯谈生意很有一套，人脉很广，门路很多，白道黑道的人都认识。都知道他不是好惹的。有人说他小气刁钻，小肚鸡肠，睚眦必报；也有人说他够义气，滴水之恩当涌泉相报。

比如对老张，老冯是忠心不二的。老张刚建立文化公司那会儿，不少老同学骂老张想赚钱想疯了，满身的铜臭味，玷污文学。老冯气不过，要找人把那几个老同学揍一顿。

“他们就是皮痒、嘴贱、欺软怕硬。揍一顿就老实了。”

老张说：“没必要，做好自己的事情就行。那些人不能创造社会价值，不过是些小愤青，闲着没事找地方泄泄火。我们能创造社会价值，这就够了。是好是坏，由不得我们定论，更由不得他们定论，自然会有社会这个大市场来定论。社会会为能创造价值的人付费。”

当时老冯听不太懂这话，但他觉得老张很有远见，很聪明，相信他，跟着他走。

老冯这步棋下对了。此后的事业，平步青云，蒸蒸日上。老同学里，再没有比他混得更好的。

小赵成了老赵。他很有才，虽然没跟着老张混，但老张敬他的才气，越写越好，也帮忙捧了他一把，使老赵在出版界占有一席之地。没老李那么炙手可热，但也算比较有名气的小众作家。这就够了，老赵心满意足。他不要红。不想树大招风、成为众矢之的。他只想安安静静写作，只希望自己的文字能被更多人看到，作品有人喜欢。

老赵很清楚自己追求的是什么：文艺梦。他这辈子，漫长一生，就想自由写作，不断出书，一本、两本、三本，一直出下去，到死为止。每部作品都是他的心血和灵魂。他不愿进老张的公司，是不想被人束缚、看管、受制于人，成为老张的傀儡。也不想太商业化、世俗化。他连签售会也不去。不想见陌生人，不要跟那种根本没看过他书的主持人对谈人生和未来，故意奉承他，夸奖他。太虚伪了，也太浪费时间。

但老赵也明白，老张财大气粗人脉广，惹不起。惹了老张，等于在国内的出版界自绝后路。书稿想要出版成书，老张是最好的门路。正因为老张的公司帮忙宣传，他的文字才被更多人看到。

所以他对老张很有分寸，不卑不亢，礼敬三分，必要时候会退让。

幸好老张赏识他，从没逼着他干什么，签售会也是随他要不要办。

老张很聪明，知道旗下需要几个风格与众不同的小众作者去占有其他细分的市场，兼容并包。老赵这么有才华，怎么能放过？一定要捧。没签在他公司，反而有好处。

小邹成了老邹。虽然早年才气逼人、才高八斗，但太清高了，故步自封，脾气又差，稿子投出去了，编辑们要改一个字都不行。哪有作者连一个字都不让改动的？未免太傲慢了。态度有问题。渐渐地，老邹列入圈内公开的黑名单，编辑们收到他的稿子就扔垃圾桶，看也不看。

如此，虽然文章写得好，但没人赏识，不被发掘，又总把自己幽禁在一个小圈子里，不跟人交流，不向人学习，写老一套的东西，久而久之，没了新意，文章没人爱看，老邹自己也写不下去。

迫于生计，老邹放弃写作，在一家印刷公司做文案校对。

是老张旗下的一个印刷公司。老邹看着一堆20岁出头的年轻人写些不知什么乱七八糟的文字还能出书，登上全国畅销榜，全国巡回签售，大卖，自己的文字却无人欣赏、无人问津，郁郁寡欢。

小杨成了老杨，在老家镇上的中学当语文老师。他最爱作文点评课，把班上写得最好的文章通通骂一遍。这种否定、反对、蔑视、侮辱、抵制、毁灭他人的感觉，让他有畅快淋漓的成就感。

他不仅骂学生们的文章，也骂老张、老李的文章，从他们出版的书里一一挑出他不喜欢的句段来，跟学生们说："瞧瞧！这就是现在市面上卖的畅销书！世风日下啊！都是文学败类！还拿什么奖呢，都是狗屁不通！拿钱买来的！当年我们都是老同学，平起平坐的，他们还听我的教诲呢。现在自以为是，就写出这种垃圾来捞钱。道德沦丧！"

接着拿出老邹的文章来，叹气说："看看！这才是大家之作！多有灵气的文字！可惜老天爷瞎了眼，不赏识！总有一天，世人会还他一个公道。他的文字一定会让世人臣服！"

本来还想夸奖一番老赵的，老杨觉得老赵的文字越来越好了，算如今文艺界少有的精品。可惜老赵出名了，有钱了，跟老张那帮人同流合污了，老杨就不屑于夸奖他了。

老杨喜欢夸奖老邹，因为老邹过得凄惨，过得心酸，过得不如意，在老邹跟前，他有优越感，能居高临下，能施舍同情。

老杨看不惯比他过得好的人。尤其是同样的起点和出身，就应该有同样的人生之路。哪怕殊途，也要同归。30年前平起平坐的6个人，现在天壤之别。他不甘心，他不服气，他要骂。

但老赵的文字确实写得好，他找不出可骂之处来。

于是，老杨找来老赵早期出版作品里的文章，跟学生们狠狠骂了一顿："看！当红作家，不过如此！狗屎！"

学生们年纪小，整天忙着写作业背课文，没什么见识。听杨老师这么一说，纷纷信了，觉得社会太乱、恶人当道，觉得杨老师怀才不遇、天妒英才。

他们都以为杨老师一瘸一拐是天生的。

精神分裂者的键盘人生

一早醒来，天刚蒙蒙亮，外面有两只鸟儿清脆的叫声，一高一低，一唱一和，仿佛夫唱妇随。隔着窗户，很轻，很悦耳。

但阿齐听着很吵，心烦意乱，恨不得拿把枪把那两只鸟儿打死。最好一枪爆头。阿齐把头埋在枕头里，拼命捂着耳朵，鸟儿的叫声还是钻进来，脑子一个激灵，怎么也睡不着了。明明很困。刚睁眼，头痛，眼皮发酸，打哈欠，黑眼圈，唇色也黑，中毒了似的，脸上痘痘又多了两个。

阿齐的睡眠质量一如既往的差。睡眠很浅，精神衰弱，入睡很难，很容易醒，有一点声音就被惊醒了，尤其清早的时候，醒了就再也睡不着。每天真正睡着的时间，大概只有两三个小时。

总是失眠。夜深了，躺在床上翻来覆去睡不着。玩手机，越玩越兴奋，不想睡。常常到凌晨两三点才迷迷糊糊睡过去，手机落在枕头边，屏幕还亮着，声音不断。

总是做梦，内容各有不同，地点亦真亦幻，但梦中的主角永恒不变，是同一个女人。半梦半醒之间，听到黑暗中有人叫他名字，声音娇柔孱弱，带着喘息，似乎床上睡着的不止他一人，又在床上翻来覆去瞎折腾。

如此一夜过去，早上醒来头晕脑涨，伤心伤神。但阿齐记忆力很不好，健忘，经常偏头痛，伤心不过几分钟，就忘了梦里的故事，揉揉太阳穴，自我劝慰一番，也不忙穿衣起床，习惯性地先在床上躺会儿，顺便刷会儿朋友圈。

阿齐发现大家都在朋友圈说同一件事。各家娱乐媒体、自媒体新闻都在报道：某大牌“纯情无邪”小鲜肉男明星深陷情色绯闻。昨天半夜，某网红女生在微博上自称是该男明星的前女友，爆出一大堆亲密照片和聊天记录截图，说该男明星玩弄她感情、言而无信、不负责任。照片尺度很大，很亲密，堪称艳照。画面清晰，真实度很高。

大家都在转发，抱着看好戏的态度，议论纷纷，说说笑笑，等着看事态如何发展下去。

阿齐忽然睡意全无，精神抖擞，神清气爽。像吃了一支大补的百年人参，翻身从床上爬下来。

昨晚还有些着凉鼻塞的，这下畅通无比，中气十足，头脑精明。像要出征打仗的将军，已经作好凯旋的准备。

立即登录某个微博小号，搜那位大牌明星的微博。最近一条微博是昨晚 11 点发的一张睡前自拍，在事发之前。照片里，男明星浓眉大眼、皮肤白嫩、笑容阳光，嘟嘴说："各位晚安，宝宝要睡觉啦。"底下一堆粉丝评论说可爱，真帅，颜值比天高。

也有那么三五个在阿齐看来是绝对智者的网友，知道了昨夜曝光的艳照，留言大骂明星是绣花枕头，欺骗粉丝，玩弄女生感情，道德败坏，素质低下。

阿齐只觉得好笑，幸灾乐祸：瞧你这小样，还自称"宝宝"？多大岁数了还装嫩！真有人信？什么纯情小鲜肉！还不知道自己出事了吧？看你还得瑟！看你今天怎么办！前两天不是刚接了个大广告吗，闹出这种名誉扫地的负面绯闻来，看广告商怎么找你赔偿！

阿齐立马留言：还当我们都跟傻子似的什么都不知道呢？纸包不住火！要想人不知，除非己莫为。既然当初能做出这种不要脸的事情来，现在就别怕被曝光！这种人前一套、背后一套的人渣败类也能当明星？衣冠禽兽！人面兽心！还这么多粉丝？这社会没得救了！

然后退出账号，换别的小号登录留言：早就知道你空有一副好皮囊，根本就是草包一个，什么才华都没有，还真当自己是个人物了？恶心到家了。色情狂！负心汉！玩弄女人的臭流氓！现在娱乐明星都是狗屎一堆，臭气相投。搞不懂你们这些年轻人，居然这么关注他，就冲着那一副脸皮？他还要脸吗？有个屁值得关注！回去好好读书努力学习毕业了找个好工作赚钱养家糊口吧！

再退出账号，另换别的小号登录留言：真是知人知面不知心啊。亏我喜欢你这么久。太失望了。糟践我的心！再也不爱你了！讨厌你！

再换小号：多行不义必自毙。哈哈哈！恭喜你！你火了！朋友圈来的观光团打卡！快来赞我！

……

阿齐注册了好几个没头像、没资料、没粉丝、没动态的微博小号：无与伦比的齐天大圣、天下第一齐天大圣、我就是那个齐天大圣、叫你一声你敢答应吗、齐天大圣就是爷爷我、宇宙第一纯爷儿们……

每次有明星深陷负面丑闻，阿齐都会很激动，很亢奋，全身的血液都在炽烈燃烧，觉得朝九晚五的平凡生活终于有了与众不同的意义。能站在道德制高点上，作为正义的化身，威风凛凛、底气十足地践踏那些衣冠楚楚、人面兽心的大明星。机会难得，怎能错过？

阿齐会轮番登录他的几个小号，去当事人明星的微博底下留言轰炸，想一些尖酸刻薄、诱人恼火的用词，从各方面挑衅、打击当事人，跟粉丝对骂，骂他们糊涂、脑残，瞎了眼不能看清现实。再把同样骂明星的留言逐一点赞，这都是志同道合的战友啊，是这个社会最理智的清道夫。

阿齐有种“众人皆醉我独醒”的豪迈感和孤独感：居然还有这么多蠢货看不穿这种垃圾明星的本质。执迷不悟！这跟迷信的邪教组织有什么区别？

阿齐顿时有了鲁迅先生的使命感：哀其不幸，怒其不争。横眉冷对千夫指，俯首甘为孺子牛。

阿齐是一旦抓住某个明星就会死死黏住不放的。像结网的蜘蛛黏住飞过的小虫。更像吸血的蚂蟥，钻进皮肉，深入骨髓，非榨干你的血肉不可。每隔半个小时就去留言大骂一番，跟粉丝掐架。这是他快乐的源泉。

就算这阵风波很快过去，被公关完美处理，被新的娱乐八卦盖掉，被大家渐渐遗忘，阿齐还是不依不饶，时不时再去留言，旧事重提：别以为当年的事情我们都忘了！你躲得过初一，躲不过十五！民众的眼睛是雪亮的！真相终有大白的一天！你等着吧！

如果有新增的粉丝不明所以，问当年出什么事了，阿齐就顺水推舟再捅出来，添油加醋，讲得绘声绘色，再热闹一番。有些新来的粉丝听了，对大明星大失所望，“他居然是这种人！真没想到！”立马取消关注。

能让高高在上的大明星掉几个粉丝，阿齐也是很有成就感的。

人的成就感来源于两种：创造，或破坏。万丈高楼平地起，创造从无到有，很难。千里之堤溃于蚁穴，破坏是瞬间的事，很容易。创造需要天分，破坏是天性。自己创造不来，可以破坏别人的现有成果。踩塌一座别人修饰良久的沙雕城堡，多来劲！

如果这阵风波愈演愈烈，闹得尽人皆知、下不了台，阿齐更会留言：别指望我们会轻易放过你。等着跪地求饶吧。趁早退出娱乐圈！

如果发生丑闻事件的不是娱乐圈的明星，而是社会成功人士、知名企业家，那阿齐就更高兴了。他可以骂得更多，更彻底。

比如：什么狼心狗肺的黑心公司，用过你们的产品，劣质得不像话。狗屎一样。赚这种黑心钱，小心遭报应！全家死光！下十八层地狱！永世不得超生！

或者：真是双面人啊。道貌岸然的家伙。别看人前挺光鲜亮丽的，背地里尽干些猪狗不如的事情。这个社会就是被你们这群人渣给败坏的。垃圾！饭桶！

大明星的微博底下留言的人太多，加上事出突然，很多人来凑热闹。都是些不专业的新人，骂脏话都不会。只会瞎灌水。刷新一下，刚留的言，很快被淹没、沉下去，很难被看到。真扫兴。

曾经有一次，阿齐用某个小号骂一个有 1000 多万粉丝的大明星，碰巧被那个大明星看到，转发对骂。瞬间好几百个那明星的粉丝来骂阿齐神经病、不要脸、搏出位。阿齐像受到了国家军队表彰的勋章，倍感荣耀，跟那些人一一骂了回去。他舌战群儒，骂了整整一夜。从晚上 10 点，骂到第二天早上 7 点，大战 9 个小时，情绪激动，肾上腺激素高涨，连喝了 7 杯咖啡，吃了 5 包薯片，跑了 6 趟厕所，眼球都见血丝了，偏头痛发了好几次，还有粉丝依依不饶，铆上劲了。阿齐也越战越勇，斗志昂扬。可惜一早要洗漱准备去上班，只好暂时算了。

后来闲得无聊，阿齐就会登录那个小号，总有一些那个大明星的粉丝留言骂他。也跟蚂蟥似的，不榨干不罢休。阿齐就像日理万机的皇帝批阅奏章，再一一骂回去作为回复，乐此不疲。仿佛也当了一回万人之上、一呼百应的大明星。不失为平淡生活的一点调味剂，滋润心田。

但大多数大明星的微博都有公司的助理在运营，比如这个小鲜肉男明星的微博，这会儿公司内部肯定在开会，商量公关对策。想出办法前，暂时按兵不动。阿齐只能跟那些小粉丝互掐，很没劲。

因此，阿齐反而喜欢时不时挑些刚出道的小明星的微博留言。小角色，没什么人关注，娱乐公司也不管，碰上点负面新闻也没人管，他过去留言两句，常常被当事人回复。阿齐激动之余，立马想出更尖酸刻薄的话来攻击对方，甚至恐吓。看对方像只孱弱的小绵羊，节节败退、无力招架，而自己像只大饿狼，步步紧逼、虎视眈眈，心里满满的成就感。

这种成就感比打网络游戏来得真实多了。阿齐打心眼里瞧不起那些整天沉迷于网游的人，寻找什么成就感，多假！都是虚拟数据。这种一对一的真人挑衅才有意思。

这些年来，从多年前的明星粉丝论坛，到现在的微博、公众号，这种以下搏上的挑衅，是阿齐多年来的生活信仰，力量之源。流水的当红明星，铁打的阿齐。没一个能逃出阿齐的手心。个个都被阿齐染指过。谁说以卵击石？这叫水滴石穿！

对某些人来说，娱乐八卦，只是茶余饭后的说笑谈资，调剂生活的。重心还是放在工作、学习、恋爱、婚姻、家庭上。但对阿齐来说，就是整个生活。阿齐是网络语言暴力的领头人。是键盘侠的最佳诠释。

他觉得自己的存在并无价值，不过是一堆快要腐烂的垃圾，发出恶臭，令人厌恶。只有在攻击他人的时候，在针锋相对的激烈情绪中，能获得一些存在感和满足感。被攻击的目标越有地位，微博粉丝越多，阿齐获得的满足感越强烈，像赢得了某种精神上的胜利。阿Q似的。

阿齐喜欢跟人唱反调，喜欢让别人不高兴。看到越多的人不高兴，他就很高兴。就像小时候妈妈总跟他说："你要好好学习。爸妈一直不离婚，就因为你这个拖油瓶！怕耽误你的学业！我们的幸福人生都毁在你手上了。这不是你的错，但你要对得起我们在你身上浪费的人生！"结果阿齐偏偏不好好学习，上课不听讲，作业不按时交，总是抄作业，总考不及格，班上倒数，以此作为报复。看妈妈想发火却不能发火的样子，阿齐别提多开心。

每次妈妈买了新衣服回来，阿齐都会趁家里没人的时候，偷偷穿上妈妈的新衣服，包括新买的内衣，往墙上蹭、用铅笔头刮、擦桌子、擦马桶盖，往上面揩鼻涕、吐口水。回头妈妈穿上新衣服了，要去找外头的野男人幽会了，阿齐总会忍不住偷笑。妈妈问他笑什么。阿齐说没什么。"没什么还笑？你傻啊。还长没长脑子？怪不得总考不及格。没出息的东西！我怎么生下你这么个怪胎？"一个巴掌抽过来，阿齐脸上一块红印记。这个巴掌是打给上次考试的不及格。没关系，一报还一报，下回阿齐会在另一件新衣服上补回来。

成长于一个无爱的、充满争吵和暴力的、夫妻双方彼此在外面偷情的、一家三口从来不在一张桌上吃饭的、爸妈连他生日也不记得的家庭，阿齐不懂爱，也不需要爱。他不需要任何精神寄托。亲人关爱、谈恋爱、朋友、同学、同事，都不需要。他要的是仇恨和怨怒。

所以有网络就够了。反正每天都有负面新闻，不愁没攻击的目标。

真要没什么大新闻的时候，阿齐喜欢给一些不出名的三线美女模特的微博留言。看美女们发些露胸的照片，先保存了，再留言评论，把从黄色小说里学来的污言秽语全都用上。

那些话，放到现实生活里，阿齐绝对不敢说。他见了女生就脸红，不敢靠近，甚至紧张到结巴。同事们都说，阿齐是个老实人，很靠谱，哪个女孩嫁了他，他肯定一辈子对她好。殊不知阿齐到了网上，隔着电脑屏幕，就成了另一个人，很娴熟地复制粘贴一些肉麻话，同时给好几个美女模特留言。

有时会有美女模特回复他：你个变态！恶心！神经病！

阿齐激动不已，立马把自己的裸照发过去。

他会一直你来我往，直到被对方拉黑。但没关系，微博上的三线小明星多得是，阿齐的小号也多得是。一个拉黑了，换另一个再上，前仆后继，源源不绝。就算她们不回复，阿齐也能自娱自乐，满口宝贝、亲爱的，“昨天晚上舒服吗？”幻想昨夜的柔情似水。

阿齐有过柔情似水吗？有过一段。只那一段。阿齐暗淡生活里的唯一光亮。

大学刚毕业的那会儿，同学给阿齐介绍了个女朋友，叫阿红，很文静的一个女孩子。因为阿红，阿齐人生中第一次感受到爱，很幸福很快乐。两人交往一年后，谈婚论嫁。阿红爸妈嫌阿齐家结婚礼金给得太少，要悔婚，不然就提高价钱。阿齐做不得主，去求妈妈。爸爸早就不管他了。妈妈不以为然，当时阿红已经怀了阿齐的孩子，两个月了，生米煮成熟饭，还能回头吗？除了嫁给阿齐，阿红还有别的选择？悔婚就悔婚，谁怕谁啊！拖就拖，看谁拖得久！到时候肚子大了，看谁求谁！

阿红倒不是在乎那点钱，只是看阿齐心不在焉的样子，好像她可有可无，这婚不结也没什么。又被妈妈三言两语挑拨了，觉得阿齐靠不住。一气之下，听了妈妈的话，背着阿齐把孩子打掉了，然后雷厉风行，嫁给另一个家境很好的男生，爸妈给她介绍的。

阿齐知道后，很受打击，不敢相信阿红会做出这种事来。堕胎、流产、移情别恋？好好的一个孩子，他的孩子，就这么没了？她怎么能这样！太残忍了！这是他们的爱情结晶啊。好狠的心！这是杀人啊！阿齐想不通。不敢置信。好一段日子恢复不过来，整个人痴痴呆呆的，两眼无神，闷坐着不跟人说话，情不自禁地想阿红，朝思暮想，日思夜想，魂牵梦萦，像个呆子。

阿齐的痴呆和相思病成了家族里的笑话。亲戚们当面不说，背地里都指指点点、说三道四。连妈妈都嘲笑他："没出息，没本事，不是个男人。连个怀了孩子的女人都守不住，煮熟的鸭子都让它飞了。不要笑死人？现在就呆呆傻傻的，看来要一辈子打光棍，成个老疯子了。我命不好，被他们爷儿俩拖累，一个在外头养女人，有家不回，一个被外头的女人甩了，想结婚结不成，都是吃了外头女人的亏！还不是要我这个家里的女人去收拾烂摊子！"

半年后，有天在路上，阿齐偶然碰见阿红。阿红又怀了孩子，穿着松垮垮的孕妇装，挺着大肚子，和老公手牵手逛街，姿态悠闲，有说有笑，特别幸福。幸好隔得远，阿红没看见阿齐。但阿齐又受了刺激，眼睛里有怒火在烧，全身毛发都颤抖起来，牙齿打颤，呼吸急促，拳头攥得紧紧的，恨不得冲上去一脚踢在阿红肚子上，一尸两命，再掐死那个占了他位置的高个子男人。

他的孩子刚没了，她就迫不及待地和别的男人上床，这么快就怀上别人的孩子！不要脸的臭婊子！非弄死她不可！

但阿齐没有。他呆呆地站在那儿，站在街角的树下，远远看着阿红和她丈夫走过，脑子里一片空白，像梦游似的，神情恍惚地回了家。头痛不止。

从此之后，阿齐性情大变，心里满是黑暗和怨怒，精神分裂似的出现两种截然不同的人格：人前老实巴交的，非常谦逊，非常礼貌；人后尖酸刻薄，嚣张跋扈，尤其憎恨有钱的男生和漂亮的女生。

阿齐记得童年里很多个夜晚，夜半三更，他起床尿尿，妈妈不在家，他路过爸爸房门口，总能听到爸爸房里传出女人的喘息声音。隔着门缝，阿齐看到一个陌生女人骑在他爸爸身上，全身赤裸。这些女人一早就会离开。爸爸以为阿齐不知道，但阿齐总能在屋里闻到不同款式的香水味，叫他恶心。还有鞋架上，不时会出现一双陌生的高跟鞋。洗浴间的脏衣服堆里，不时出现一件大小不同的女士内衣。通通叫阿齐觉得恶心。这种恶心持续到他上大学那年，爸妈终于离婚。逢场作戏太多年，他们自己也恶心透了。

这世上总有人居心叵测，想要破坏他人的婚姻和情感。也有人居心不良，夫妻之间不能真情实意地善待对方，总想着伤害别人。那干吗要苦苦相逼，硬是凑在一起？干吗不离婚算了？阿齐恨他的爸爸妈妈，恨那些陌生的女人，恨阿红，恨阿红的丈夫，恨这世上所有人。

现实生活中，阿齐对他们无可奈何，便在网上散发负面能量，寻找宣泄的靶子，大肆对那些富二代、美女模特、大牌明星、成功人士人身攻击。反正网上都是匿名，查不到他的真实信息，怕什么。

阿齐家也不回了，过年也不回家，电话也不打，不想见爸妈，不想见亲戚朋友，不想见到阿红和她的老公、孩子。只身一人，背井离乡来到一个很远很远的城市，白天上班，晚上回家上网，在昏暗的灯光下，混迹于泡面、薯片、外卖、臭鞋、臭袜子的味道中敲键盘、谩骂明星。

阿齐有暴饮暴食的习惯，内心的空虚和无助，需要食物来填补。沙发和床上满是薯片屑，就算不饿，也停不下来，会一直吃。吃得身上都有薯片的味道了。如果忽然没得吃，就会焦虑、慌张、战斗力下降，跟明星的粉丝们吵不了嘴。这不行，立马下楼买十包最便宜的薯片回来。嘴里不闲着，手上不闲着，脑子不闲着，这样才觉得人生充实。

这便是阿齐赖以生存的精神家园。

这便是阿齐作茧自缚的键盘人生。

这键盘人生也有被叫醒的时候。

到公司上班。前一秒，他还在给当红小鲜肉男明星的微博底下留言谩骂，刷新，点赞其他谩骂的留言，下一秒，听到背后有人喊："小齐，刚发你的文件，打印20份到会议室。赶紧的。等一下开会要用。"

"这就来。这就来。"

阿齐点头哈腰，关了微博，笑嘻嘻地跑去文印室。半路上偷偷瞟了一眼比他小两岁的部门经理，年轻、帅气、家境很好、有个很漂亮的女朋友。阿齐一边打印文件，一边在心里骂：垃圾！小畜生也敢欺负到爷爷头上来了。

一件小事

朱阿姨在上海一家很大的养老院做护理员，每天照顾老人。

她 53 岁了，黑黢黢的，个子不高，长相粗犷，有张大嘴，身形壮硕，胳膊圆滚滚的，浑身都是劲，五大三粗，像个大老爷儿们。大字不识几个，连自己名字也写不好，没什么文化，只能干些体力活，给人打工。

在上海打工的都知道，不管你做哪个行当，不管你是男是女，中介都指明了只要 45 岁以下。

45 岁前，只要你不是好吃懒做，不挑三拣四，不怕累，不怕苦，总有活儿干。省吃俭用些，总能存下不少钱。一年到头算下来，比在老家农村种田挣的钱多多了。

过了 45 岁，再想找活儿就难了，身子骨不如从前，东家都不要你。怕你活儿还没干完，自己先累趴下了，摔了病了伤到哪儿了，他们可不想负这责任。所以，很多外出打工的人，一过五十岁就回老家种田。算退休。

五十岁前，把白了的头发染一染，干活卖力些，说 44 岁还有人信。找份家政阿姨的工作，找个靠谱的、条件好的东家，给人洗衣做饭打扫房间。一个月也能赚个三四千元。勤快些，多接几家的活，上午下午的时间错开了，一个月就有六七千元了。

但很苦很累，经常晚上回宿舍了，腰酸背痛得直不起身来。下午连着跪在地板上擦洗两个钟头，谁吃得消？回来一碰着床就睡熟了，打呼噜，流口水，脚都没洗。

打工的人，从来没有谁失眠的。那是有文化的人才会得的病。身体太累了，脑子根本没精力想别的，只想休息，只想睡觉。甚至有人干活太累了，大白天忽然流鼻血的。也不去医院，太花钱。塞点棉花球止了血，休息会儿，喝口水，接着干活。

都是没文化的农村人，赚点血汗钱不容易。

过了五十岁就不行了，染了头发也遮不住皱纹，看得出来上了年纪。毕竟岁数到了，要认命。朱阿姨去了几家中介所，报了年纪，都说不要。47、48岁的还能凑合找个要求宽松的工作，打饭阿姨、酒店配菜等等。53岁，不行了，太老了，劝她回老家种田去。

回家种田能有几个钱？撇除秧苗、农药的成本，劳心劳力，成日早出晚归，面朝黄土背朝天，根本没几个钱。万一老天爷不给脸，气候不好，连着不下雨，庄稼都干死了，或者连着下暴雨，庄稼都淹死烂掉，影响收成，更是可怜兮兮的一点回本钱。远不如在上海找个东家打工，钱多，还稳定。

但中介不要啊！

朱阿姨走投无路，又不好闲着不干事。在上海待一天，吃的住的都是钱。心里犯愁。难道真要回老家种田吗？孤身一人，多寂寞。打工好歹有人陪着说说话。

附近小区门口转悠着，见有家很大的养老院，索性去试试，问招不招人。保安说招护理员。朱阿姨就去面试。倒真面试上了。

护理员面试很容易，吃苦耐劳，不怕脏、不怕累就行。

一个月 2000 多元，上班时间是每天早上 6 点到晚上 6 点。这是白班，夜班是晚上 6 点到第二天早上 6 点。虽然夜班事情少了很多，不用照顾一日三餐、喂饭喂菜、洗澡擦身，只要每隔 2 个小时给一些瘫痪的老人拍拍背、翻翻身，扶一些腿脚不灵便的老人下床大小便。但彻夜不睡觉太累了，吃不消。

偷偷摸摸睡？不行。你刚睡下，就有人叫唤要上厕所，你就得去照顾。老人都肾虚、尿频，尤其夜里，个个都要起夜好几回。他们睡不踏实，你也眯不得眼。

这个朱阿姨做不来。她虽然要干活挣钱，但身体要紧，岁数大了，熬不得夜，不敢那么拼。

每个月有 4 天的调休时间。提前申请就好。只要不是重大节假日大家都集中申请，一般院长都让休息。如果这 4 天不休息，加班的话，工资另算。都算上也有 3000 元了。如果刚好碰上节假日上班，算双倍工资。比如春节三天，算上大年初一那天的红包，也有近 4000 元的工资了。

比起从前，当然少了一些，但好在养老院管吃管住，什么东西都一应俱全，而房租和吃食在上海是很贵的，这倒是省下很大一笔开销。朱阿姨岁数这么大，有得吃、有得住，还要什么？每个月的两三千块钱等于是纯收入了。

朱阿姨在这边全天上班是很心安理得的。她的男人去年患肝癌死了，她难过了一阵子，也想清楚了，找点活儿干，忙起来了，心情倒好点。人去楼空，成天在家闷着，想着死掉的男人，要憋出病来的。何必呢？好死不如赖活着。

男人的爸妈另有两个儿子，所以公婆不必她费心照顾。连本来应该三家平摊的赡养费，也不要她出了，体谅她一个人不容易。自己有三个哥哥、一个姐姐，爸妈也不用她时时在跟前照顾。逢年过节回家看看，带点东西回去就行。有一个女儿，早已嫁人，生了孩子。亲家母在那儿照顾，她过去也没必要。

如此无牵无挂，索性一个人跑到上海来找活儿干，存些钱，备着以后自己给自己养老。男人没了，自己的日子还要过下去。是不？

照顾老人的活儿，朱阿姨好几年前也干过，干了一个月就不干了。累倒是不累，就是太脏了，钱也不多，远不如干家政阿姨。如今到了这个岁数，是挑不得了，只能硬着头皮做。再说去年男人肝癌一场，她照顾了三四个月，端屎倒尿，再脏再累也都熬过来了，算是个铺垫，习惯了。

朱阿姨手底下安排了十个老人，有四个瘫痪在床的，要喂饭喂菜、洗脸擦脚、洗澡擦身、端屎倒尿。其余六个是正常人，能自己吃穿上厕所。当中有三个腿脚不太灵便，下床要扶着。太阳好的时候，要领他们出去晒晒太阳，走动走动，吹吹风，免得身上生疮。另外三个就是放养了，需要她、叫唤她的时候，她再去照顾。

喂饭喂菜倒没什么。很多老人牙口不好，只剩下一两个牙齿，还有的一个牙齿都没了，就把饭菜用豆浆机打成糊喂他们，喝粥一样，嚼也不嚼，直接咽下去。

洗澡擦身也习惯了。帘子一拉，衣服一脱，裤子一扒，毛巾挤干净，上上下下擦一遍就好。都是老头子、老太太，没什么男女区别了。

只是照顾大小便脏得很。他们年纪大了，肠胃不好，受不得一丁点的刺激，稍微吃些荤油就要拉肚子。要上厕所也走不快，颤颤巍巍的，怕摔着，得扶着床，扶着桌子，扶着墙。有时候还没走到厕所，半路上就拉稀了，都拉在裤管里，从裤脚流出来，一地污秽。

这裤子不用护理员洗，地板也不用护理员拖，有另外的清洁工。但给老人洗澡还是护理员的活儿，一样很脏。老人家身上本来就有一股异味，加上屎尿横流，更是不堪。喷花露水也不管用，味道太重了，盖不住。

你要一点荤油都不给他吃吧，就要便秘。老人便秘是常事。先是用开塞露，塞到肛门里。开塞露不管用，就喊到厕所里，脱裤子，蹲下，朱阿姨戴上口罩、橡胶手套给他掏大便。总不能叫他胀死吧?

不给他喝水吧，他嚷嚷着口干。喝了水，总要跑厕所小便。小便一趟，总是尿不尽，一去就是七八分钟，不敢回来，怕刚回来了又有尿意。有些老头子尿完抖来抖去，尿得满地都是，一股骚味。刚把卫生间拖干净，又湿了，容易跌跤，又得再拖一遍。老人家骨质疏松，一滑倒，必然骨折，不死也快死了。照顾很麻烦。

有些老人自己知道上厕所麻烦，生怕哪天在卫生间里脚一滑，上了西天，索性就不怎么喝水。宁可口干舌燥，等到吃饭时候喝一点点汤水。

有些老人不怕死，茶水一杯接一杯地喝下去，灌肠似的，刚从卫生间出来没多久，喝杯水，又要上厕所。自己走不动，就喊朱阿姨："小朱，我要上厕所，你快来扶扶我。"

朱阿姨在心里骂："你个老不死的，让你少喝点水，你不听，一天喝这么多水干什么？渴不死你。老是跑厕所，自己也不嫌麻烦。回头尿在身上也就算了，要是摔在地板上，一脚上了西天，看鬼来扶你。"

农村女人总是满口粗言秽语。但抱怨归抱怨，该朱阿姨干的事，朱阿姨一件也不少，尽心尽力。她是个实诚人。

有个脑子不正常的老太太，几年前中风后有点精神病，被子女送到养老院来。几个儿女除了每季度轮流来交钱，很少看望老太太。老太太虽然脑子糊涂了，但身体很好，每顿饭都能吃一大碗米饭，喝一大碗汤，身强力健。

她睡厕所旁边的床位，一天到晚坐在床边，看到有人过来上厕所，伸出拐杖就要打那人。有一回把一老头子脑门打肿了。人家儿女跑来找院长告状，院长把负责管老太太的朱阿姨骂了一顿，要管好手下的人。

那时候朱阿姨初来乍到，还跟疯老太太讲道理，让她规矩一些，不要打人。后来明白，老太太不是装傻装痴，是真糊涂了，脑子有毛病。干脆吓唬她："你要敢打人，我就打你。"说着还真在老太太屁股上打了一巴掌，"还打不打人了？"

老太太吓了一跳，像个小孩似的，哆哆嗦嗦，不敢打人了。

看见有人要上厕所，就用拐杖跺地板。朱阿姨用眼睛瞪她：“好了好了，你再跺，我要来打你屁股了。屁股痒了是不是？”

对这种脑子不正常、子女也不常来探望的老人，护理阿姨们都会使些小手段。又不能把她绑起来，只能吓唬吓唬，不然麻烦事太多。

朱阿姨手底下有个老头子，93 岁了，满头白发，脑子很清楚，身体也硬朗，是退休的高中老师。他很早就住养老院了，待了有七八年。三儿两女七个孙辈，平时都忙着工作或者带孩子，没工夫照顾他，就把他送养老院来，费用五家平摊。儿孙们都很孝顺，每个周末都过来看望，陪老头子说话，给老头子买些吃的喝的，逢年过节也会把老头子带回家几天，回头再送过来。

老头子觉得朱阿姨照顾他很体贴，别看人长得五大三粗的，但照顾起人来，轻手轻脚，温柔细腻，比之前几个护理员体贴多了。把儿女们送他的一些吃食送朱阿姨。朱阿姨不敢收：“公司不让收。要让院长晓得了，要扣工资的。”

老头子说：“没事，你悄悄收下，院长不晓得。我不说。”

朱阿姨却不这么想。她心想，现在我把你照顾得挺好的，你给我东西，万一哪天我没把你照顾好，你反咬一口来，说我偷拿了你的东西，没人证没物证，怎么说得清？我工作不想要啦？还是不收的好。拿人家的手短，谁晓得我拿了你的东西，你要我干什么？

“他们每次过来都送东西，上次的还没吃完，这次又送。送这么多来，我一个九十多岁的老头子，哪有那么大的胃口？想吃也吃不下啊。回头过了保质期，又要丢掉了。上回丢掉了半箱牛奶，进口的好牛奶，多浪费。他们都挑好东西买。”

“这都是你的儿孙福气，别人羡慕不来呢。我慢慢弄了给你吃。这肉松，回头我拌在粥里给你吃，味道很好的，咸咸的，很下饭。你多吃点，脸上多长点肉，下回儿子女儿过来见了也开心。”

“这饼干你拿去。我吃不动了。牙口就剩了仨。”

“我回头给你用热水泡了，软和了，你就吃得动了。你女儿关照过的。还是女儿细心体贴。”

“这话梅你拿走，泡了我也吃不动。给你当零嘴吧。”

“留着给你曾孙吧。下回曾孙过来，你给他带回去吃。”

日子久了，朱阿姨觉得这老头子确实没什么坏心眼，毕竟是老教师出身，平日里还戴着老花眼镜看报纸、看书，很有文化。说话很讲道理，不是会胡来的人。这么大岁数，话梅是真吃不动了，盛情难却，干脆就收下。悄悄地把小罐子塞到衣服口袋里。没给旁人看见。反正是老头子送的，不是她要的，没什么不好意思。没事的时候自己含一个话梅在嘴里，甜滋滋的，酸溜溜的。

在养老院待了两三个月，朱阿姨终于明白老头子为什么说她老实敦厚、照顾人体贴。养老院里有好多瘫痪在床的老人，护理阿姨们对他们偷工减料，到了吃饭的点，懒得一一去打饭，就把别的老人吃剩的一点饭菜，喂给那些瘫痪在床的老人们。反正他们瘫痪了，吃什么都没反应，只是麻木地咽下去，也不能说话，没法跟谁告状去。

给这些老人洗脸洗脚都是用同一条毛巾、同一盆水，擦了这个人的屁股，再去擦那个人的脸。擦洗得也不仔细，这边擦一下，那边擦一下，一边擦洗一边跟旁边的阿姨聊天搭话，说说笑笑，手头不知轻重，好几次把老人皮肤擦红了也不当回事。

朱阿姨是很老实的人，每天都是去现打热乎乎的饭菜喂那些瘫痪的老人。洗脸擦脚，虽然她也觉得麻烦，但都是用他们每人各自的两个盆子分别去盛热水、每人各自的两条毛巾分开擦洗脸和身子。

哪能一条毛巾、一盆水连着给几个老人擦洗身子？擦了腿脚、擦了屁股，再去擦脸，恶不恶心？脏不脏？老人身上本来就皮肤干燥，容易蜕皮，有异味，还不换水，要臭死了。朱阿姨都会撒点花露水，味道好闻，老人擦洗了也清凉舒服。还有，擦身子就好好擦身子，哪能三心二意跟人说话，把老人身子擦红了也不当回事的？万一人家儿女过来瞧见了，跟院长告状怎么好？不怕被扣工资？

朱阿姨这样说了，被一块干活的李阿姨说："省事情。反正他们都瘫痪了，不会跟组长反映的。也没人看到。给那些没瘫痪的老人、脑子正常的老人、会说话的老人、子女经常来探望的老人注意点，好好照顾就行。"

朱阿姨说："这哪能呢。天地良心，就算没人看见，自己知道。"

李阿姨说："大家都这么干。就你新来的，不晓得。趁早学学吧。可省心了。"

朱阿姨摇头说："我晓得了也不这么干。不厚道。"

李阿姨咂咂嘴说："你要不嫌麻烦，愿意每天两条毛巾、两个盆子地伺候，你就两条毛巾、两个盆子来，别跟院长说我们不按规矩。不然我也告诉院长，你收了14号床那个老头子的东西。"

朱阿姨挥挥手说："这个不一样的，是老头子送我的。就一罐话梅，没别的。我昨天还拿了给你吃的。"

李阿姨说："有什么不一样？都是公司规定了不许做的事。咱们都是一样的。一样的。"

朱阿姨想说什么，但说不出话来。

第二天一早，朱阿姨去外面超市买了一罐话梅，还给了14号床的那位退休老教师。

老教师说："你这是做什么？"

朱阿姨说："上次拿了你的，眼下还你。养老院的规矩，不能收老人东西。"

"就一罐话梅。"

"那也不行。"

"没人瞧见的。"

"天地良心，就算没人看见，自己知道。"

独臂寡妇的波折人生

村里有个姑娘叫小芳，长得好看又善良。一双美丽的大眼睛，辫子粗又长。

爱美之心，人皆有之。越是漂亮的姑娘，越容易招人喜欢，越多小伙子追求。追求的人太多了，排上长龙队，难免会惯出自以为是、挑三拣四的性子来。有恃无恐，觉得这人这处不好，那人那处不好，总有缺陷，不满意。要这么着急定下来干吗？后头待选的多得是！慢慢挑。恨不得挑个十全十美的来，集合各人长处于一身。偏偏那真正十全十美的又不喜欢她，更眼高手低，更爱挑剔。

所以啊，那些长得好看的，最后反而容易高不成、低不就。

倒不如那些长得一般般的姑娘，自知条件不足，也就不挑剔了。看中一个稍微不错的男孩子，眉来眼去，托父母找媒人说亲，事就成了。当年结婚，第二年生孩子，一家三口，小日子过得幸福快乐。

眼看漂亮的小芳岁数不小了，还是没处对象。

小芳的爹妈着急了，给小芳介绍了村里一个条件一般的小伙子，叫小孟。

小孟个子不高，身形倒是很健壮，虎背熊腰。跟着叔叔在外面做地质勘探，工资不多，家境也一般。还不如隔壁小玲家的男人小白呢。至少人家个子高，长得俊俏，一副白面书生的模样。这小孟黑黢黢的，土里土气。整天在外面跑，能不晒黑？

小芳不乐意。她也要找个白净俊俏的。不能被小玲比过去。

妈妈说："男孩子家，要那么白干什么？唱大戏去？你年纪也不小了，再不找个婆家，寻思着要爸妈养你一辈子呢？也不怕人家笑话？"

小芳不开心。但还是跟小孟交往了。凑合着过吧。悔不该当初拒绝那么多条件比小孟好得多的小伙子。现在虎落平阳被犬欺。

没想到，小孟这人倒挺有意思。很幽默，张口就是一个笑话。他机灵，脑子转得快，看到什么就说什么，特别应景。每次喊小芳出来玩，都能叫小芳开开心心地回去。一来二去，小芳倒真喜欢上这个黑黢黢的小孟了，天天盼着要见小孟，要跟小孟出去玩。隔三岔五，小孟忙工作，没来找小芳，小芳就主动找小孟去，也不害羞。小芳觉着，敢情男孩子黑点也挺好，不俊俏也不算什么，会逗女孩子开心就成。

妈妈看她三天两头就跟着小孟往外跑，说："你不是瞧不上人家小孟吗？转性啦？"

小芳不好意思，说："妈，偏你眼睛尖！我现在中意他了还不行吗？"

"行行行！你喜欢就行。"

柳暗花明，谁都说不准缘分什么时候会来。

交往了大半年，小孟和小芳谈婚论嫁了。两家彼此满意，结婚的日子也定下了。万事俱备，只欠东风。

结婚前，小孟要出差一个月，到山区勘探地质。临走前的晚上，小孟和小芳约会。小孟说："妹子，我要走了。"

小芳说："哥哥，你去吧。我等你回来。"

"要去一个月呢。一个月都见不着妹子了。"

"一个月后，你回来了，咱们就结婚。这一个月，哥哥可要想着我呀。"

"妹子，我想……"

"想什么？"

"我想要你。"

小芳不好意思了。她当然明白小孟的意思。

“能不能……”小孟揪着小芳的衣袖说，“哥哥会一辈子疼你的。”

小芳想，反正都要结婚了，早晚的事。她也是很喜欢小孟的。那干吗还要等这一个月呢？就在公园的小角落里和小孟把事情给办了。

从前小玲怀着三个月的身孕和小白结婚，虽然拼命遮着肚子，大伙儿都看不出来，但生下孩子，日子一算，就都知道了，心照不宣。小芳深以为耻，觉得小玲不要脸。女孩子家，怎么能在婚前就跟男人做那事？没脸没皮的。自降身价。婚后还怎么叫男人尊重？小芳要拿这事笑话小玲一辈子。

世事难料。没想到这天晚上，小芳也在婚前就和男人做了那事。还是在公园角落的小树林里。更不知羞。但想到一个月后小孟回来就能结婚了，一个月而已，就算有了孩子，婚宴上也看不出来吧？孩子提前一个月出世，可以算早产了，不碍事的。小芳安慰自己。

世事难料。

小孟出差两个礼拜，出事了，从山坡上滑下来，跌到山谷里，满脸血污。荒山野岭，来不及急救，送去医院已经断气。

小芳听到消息，顿时就晕了过去。醒来大哭不已，非常伤心。她是真心喜欢小孟的。嫁衣都准备好了，一针一线，全是亲手缝制，不让妈妈插手。长这么大，小芳从没跟哪个男孩子在一块这么开心过，打心眼里认定了小孟，一辈子跟他相亲相爱、白头到老。这都要结婚了，良辰吉日都定下来了，怎么节骨眼儿上就出事了呢？不会的。不会的！

妈妈安慰她："幸好没嫁过去，万一刚嫁过去人就没了，岂不是年纪轻轻地就要守寡了？往后日子怎么过！"

小芳说："我倒宁愿嫁过去了！兴许他就在家里陪我，不出这趟差了。"

妈妈说："算了算了，人都没了，再哭也没用。再找个吧。"

小孟的葬礼，小芳没去，爸妈不让去，嫌晦气。

妈妈说："你要过去了，人家怎么说你？你是什么身份去的？没过门的媳妇？没过门就克夫，以后还有谁敢娶你？"

小芳把自己关在房里哭。

小孟过世一个月后，小芳还没从悲伤的情绪里缓过来，发现自己怀孕了。连着好几天没胃口，总是吐。妈妈一问就全说了。妈妈说："不知羞耻！现在怎么好？"

小芳说："那时候说好了要结婚的，谁知道他会出这事？"

"现在他人没了，你怀上他孩子了，怎么好？"

爸爸说："不行，这孩子留不得，要打掉。"

妈妈说："不光要打掉，还要悄悄地打掉。不能在附近医这是我的婚姻，我的爱情，我的人生，我的家庭，与他们无关。我什么都不要，就只要她。我很确定，她就是我这辈子最想要的女人，我爱她。不珍惜她，就太亏待我这一生了。其余的事，我不想理会。

窗外阳光灿烂，鸟语花香。我听不懂鸟叫，
但也觉得鸟儿唱歌很好听。

院，得去远点的，没人认识的，最好到另一个省市去，就说去拜会舅姥爷的。”

爸爸说：“得赶紧打掉，趁着肚子还没大。大了就来不及了。让人看见成什么样子？”

小芳摸摸肚子，摇头：“我要把孩子生下来。”

妈妈说：“你这丫头，怀了孩子，脑子也坏掉了？这孩子不打掉，你以后怎么嫁人？叫我们老两口怎么做人？”

小芳说：“这是小孟的骨肉。小孟没了，我得给他把孩子生下来，留个后。”

妈妈说：“生下来谁养？你养？孟家的后，我们可不养。你要把这孩子生下来了，你以后怎么做人？没结婚就生孩子，以后谁还要你？要是小孟还在，你们结了婚，那就算了。小孟不在，你要一辈子守着这个孩子？自己不要过了？”

小芳说不出话来。她想把孩子生下来，又怕真如妈妈所说，以后没人要。怎么办？想了想，跑去找小孟爸妈。

小芳说：“我怀了小孟的孩子，你们孟家的骨肉。爸妈不让我生，要打掉，但我想生下来。可我生下来了，也不能照顾这孩子，我以后也要结婚成家的。你们要养吗？你们要养的话，我就生下来。你们不要养，我就不生了。不是我无情无义不想生，是我一个姑娘家实在没法子养。”

小孟爸妈哭了，说："生啊，当然要生了。总归是我们孟家的血脉香火。儿子没了，有个孙子、孙女陪在膝下也是好的，老来有伴。"

说定之后，小孟爸妈把小芳安排在一个远亲家里，两家老人轮流照顾，直到小芳生产，孩子给小孟爸妈抚养，对外就说是小孟爸妈抱养的一个远亲的孩子。小孟没了，小孟爸妈膝下凄凉，抱养个小孙子，无可厚非，都是同情的态度。

生下儿子，小芳肚子空了，心里也空了，想着法子去小孟家里看孩子，趁着没外人的时候，亲自给孩子喂奶，临走时万分不舍。

小孟爸妈对她很感激，也很歉疚，说："好姑娘，小孟已经走了，你给他生下孩子，是大恩大德，我们老两口只能来生再报。不过你也要为自己着想。你还年轻，趁早再找个男人吧。"

小芳望着天发呆："我都生过孩子了，还怎么嫁人呢？"

"这有什么不好嫁的？你调理好身子，都是一样的。"

他们主动给小芳介绍了个男的，小曾，长得俊俏干净，条件也好，在公家当差，做会计的，比小芳小两岁。小曾爸妈给他算过命，他的命太软了，一定要找个命硬的、年纪比他大的姑娘来扶持他。

小曾人挺好的，但小芳对他没之前对小孟那种感觉。想想人生在世，能遇上一个心心相印的小孟已经是难得，哪会那么好运，接二连三遇上心仪对象？就这么凑合着过吧。交往了小半年，不咸不淡，也准备结婚了。

小芳没想到，自己订过一次婚、未婚夫意外过世、生过孩子，还能有第二春，再订婚一次。这回能过安生日子了吧。

世事难料。

跟小曾结婚前两个礼拜，小芳出事了。小芳在厂里机床做零件。那天中午吃过饭，午睡没睡好，醒来犯困，小芳念叨死了的小孟，还有跟小孟的孩子，想着下班了去看看孩子。一个不小心，衣服被卷进机床里，连着胳膊也卷了进去。

听到小芳凄厉的尖叫声，同事赶紧摁了紧急暂停。机床停了，但小芳的胳膊已经废了，血肉模糊，见到骨头。小芳疼得晕过去，一身血被送去医院抢救，幸好没失血过多把整个人都搭进去，但从此只剩下一只左手。

本来小曾爸妈已经在准备两个人的婚礼，现在出了这事，小芳成了独臂的残疾人，小曾爸妈忙不迭地来退婚，连彩礼也不要了，说："这婚不结了，咱们曾家不要断了胳膊的儿媳妇。娶进门来不干活，要她干吗？当老佛爷供着？"

小芳爸妈无言以对，叹气："造孽啊。这是造了什么孽？准女婿没了，女儿又丢了一只胳膊。往后的日子怎么过？"

之前没人知道小芳生过孩子，虽然年纪大了几岁，但长相好、身段好，还算条件不错。没了一条胳膊的小芳，条件一落千丈。媒婆们来介绍的，都是哑巴、瘸子、瘸子、老光棍。带着施舍的口气说："你现在这条件，不是我说，人家手脚齐全的，能瞧上你？想得美！平日里我也忙，今儿个没事做，才给你来说这一趟。你呀，别挑了，将就着过吧。也就他们才跟你门当户对！"

这次真是虎落平阳被犬欺。

终于，小芳结婚了，男方是一个四十岁的老光棍，邋里邋遢的，叫老龚。

大伙儿都说："真般配。"

小芳爸妈说："他虽老，但是个实诚人，不会亏待你的。"

早知今日，何必当初？要知道如今会沦落到这个地步，当年如花似玉的时候，挑个条件不错的赶紧结婚算了。哪会有今天？小芳认了，眼泪往肚子里咽，说："我都这样了，这辈子还指望什么呢？不过是勉强活着，舍不得爸妈和孩子罢了。就由他作践我吧。"

老龚虽然穷，爹妈死得早，但他不懒，一个人日子也过得不错。之所以成了老光棍，因为他见了姑娘就怕，嘴软，不会说话，躲得远远的，能有姑娘喜欢他？爸妈又没了，谁给他相亲说媒？自然要打光棍了。邋里邋遢也是家里没个女人照顾、打理。哪个大男人一个人住不邋遢？

结婚后，小芳渐渐觉着这老龚人也不错，话很少，但干活很勤快。不仅下地勤快，屋里洗衣做饭也勤快，什么家务都包了，小芳反而觉得自己跟个闲人似的，挺不好意思的，硬要帮忙。

老龚说：“不用。我来就成。你不方便。”

小芳说：“你是嫌我少了一条胳膊。”

老龚结巴了：“我不是那意思。我是心疼你，怕你累着。我来就行。这屋里有你，我就开心。你要吃什么，我给你买。”

小芳说：“你干吗对我这么好？我什么活都干不了，废人一个。”

老龚说：“我喜欢你好几年了，你跟小孟定亲之前，我就喜欢你了。可我又老又穷，要什么没什么，你看不上我。现在能把你娶回来，我谢天谢地，天天都跟做梦似的，就怕哪天一早醒了，发现是场梦，你走了。你可别走啊。你留这屋里就好。”

小芳软下心来。

老龚把小芳照顾得很好。她少了个胳膊，但多了个对她千依百顺、百般疼爱的丈夫，夫妻和顺。结婚五年，小芳给老龚生了三个孩子，两个儿子、一个女儿。村里人都说：“老龚好福气啊。人丁兴旺。时来运转。”

老龚笑笑：“都是媳妇给的。没小芳，我啥都没有。”

倒是小曾娶的老婆小桂，结婚四年了，没生一个孩子。小曾妈妈说：“你倒是生个蛋出来啊。倒不如那个缺胳膊的女人了。”

老龚听了，说：“我女人只是缺胳膊，你这当婆婆的，缺心眼！”

结婚第七年，老龚出轨了。去市里卖粮食，回来的路上被发廊的女人拽了进去，好半天才出来。到家憋屈着脸，坐立不安。小芳问他怎么了，他说没什么。夜里在床上翻来覆去睡不着，终于跟小芳说了实话。

小芳哭：“你对得起我吗？我在家照顾仨孩子，你倒好，在外面风流快活。”

老龚也哭：“我就是没被女人用两只手抱过。给女人两只手抱在怀里的感觉，真好，真舒服。”

小芳叹气，说：“是我对不住你。我是废人一个。”

老龚说：“别这么说。是我对不住你。以后不会了。你信我。”

第二天，小芳跟她妈妈说这事，小芳妈妈说：“男人坏一次，就是坏一世。狗改不了吃屎。你看看小曾，前两年去过一次发廊，给他老婆小桂发现了，摔盆子摔碗，大吵大骂，闹得村里人尽皆知。小曾跪搓衣板跪了半天，保证以后不去发廊了，小桂才算完事。瞧瞧，小曾后来还不是偷偷摸摸去了？小桂会不晓得？给小曾洗衣服能闻不到那股子香水味？发廊里的女人，身上味道重得能毒死人！小桂是装不晓得！家丑不可外扬啊！你不能跟小桂一样软骨头！你不能容他！这是放虎归山。你要给老龚点颜色瞧瞧。”

小芳说：“老龚平时待我很好，千依百顺。叫我不容他，我怎么不容他？跟他吵架？摔盆子摔碗？我就一只胳膊，他要真使坏了，我能怎么办？我什么也干不了。他要跟我离婚，我还能跟谁？仨孩子跟谁？不比小桂年轻貌美，身强体健，没孩子没牵挂，不跟小曾了还能跟别人，我有挑的资格吗？我信老龚不会再犯了。要是不信他，我这日子也没法过了。”

老龚果真没再犯。

后来孩子要上学，家里农忙赚钱不够，老龚出去打工，小芳在家里照顾孩子。

起先，老龚在不远的镇上打工。礼拜天，小芳会骑着三轮车，带着三个孩子去看望老龚。后来，老龚去了其他城市，小芳两三个月会去看老龚一次。

有一回，小芳去找老龚，刚好老龚请了一天假回来，要给小芳一个惊喜。两个人走岔了。大老远地白跑了一趟，没见着人。打电话回去，小芳说：“真想你啊。”

老龚说：“我也想你。”

年轻时候也跟小孟花前月下、你侬我侬过，现在老了，一句简单的情话也特别好听，特别动人。小芳是真心爱上老龚了。世界这么大，他是她唯一能依靠的男人。

这好景也不算长。

老龚是脑溢血死的。过年时候，跟小芳的表叔喝酒，喝多了，醉倒在桌上。都以为是喝醉了，谁知送到家里已经断气。医生说是突发脑溢血。

小芳哭：“我真是克夫命吗？之前的小孟，还没结婚就被我克死。现在的老龚，日子好不容易宽裕起来，孩子也大了，他又被我克死了。怎么就过不上安生日子呢？孤儿寡母的，我又是个缺胳膊、干不成事的，以后的日子怎么过？”

老龚死后，小芳一个人带三个孩子，吃不消。爸妈年纪大了，也不能指望他们。小芳想到个法子，到城里乞讨去。

从前老龚在城里打工，常常在路边看到残疾人乞讨。有时候小芳看他们挺可怜的，衣裳破破烂烂，脸上满是土灰，饿了很久没吃饭的样子，心疼，也给个一两块零钱。

小芳算算，一个人给两块钱，一天一百个人就两百块了啊。要是找个市中心的大商场门口，来往的人，一天都有成千上万的。有钱人丢个十块、二十块也不是什么稀罕事。他们手脚齐全的还能挣那么多，她一个缺胳膊的，应该更招人心疼给钱了。

这么一算计，小芳真到城里乞讨去了。穿着一身破烂衣裳，邋里邋遢地蹲坐在商场门口的角落里，往脸上抹点土，面前摆个饭盆子，怀想当年自己漂亮得满村的小伙子都来追求她的美好年华。

回不去了。像一场梦。很长的一个梦，有噩梦，有惊喜，醒来脸上爬满皱纹，头发白了许多根，一只手没了，另一只手上满是干农活磨破的老茧和被草叶割裂的旧伤疤。

小芳在城里乞讨了三个月，被城管警告了二十来次，但确实挣到不少钱。

这些钱都是尊严啊。

为了孩子上学，值了。

孩子们问小芳到城里干吗去了。

小芳说："跟爸爸之前一样，干活。"

一个独臂寡妇，能干什么活？孩子们不懂问，小芳觉得心酸。但日子总要过下去。

有天晚上，小芳在路灯下乞讨，碰上个戴墨镜的高个子男人。男人左看右看，说：“我给你介绍个工作吧，别乞讨了。”

小芳说：“你说笑吧？我一个缺胳膊的女人，谁会要我？我能干什么？”

男人摘了墨镜，说：“你瞧我，瞎了一只眼。从前是锁匠，给人开锁时候不小心被螺丝起子戳瞎的。”又撩起左边的裤管，一根铁管子撑着，“瞎了之后，眼神不好，十字路口没看清，开摩托车撞上卡车，压断了一条腿。只不过戴了墨镜、装了假肢，看不出来。缺条胳膊又怎么样，你还有另一条胳膊呢，一样干活。干什么也不能乞讨啊。来我公司吧。我有个小服装厂，厂里都是跟你我一样的人，聋子瞎子哑巴都有。缺胳膊少腿没什么，人不能总想着自己的短处，会越想越狭隘，越想越想不开，当然什么也干不了。天无绝人之路。只要不死，就总能活下去，总有能做的事，总能凭自己的勤劳挣钱。跟我走吧，我的服装厂就在前面三条街口。明天就来上岗培训。你帮我干活，我付你工资。”

就这样，小芳找到了工作，在服装厂和另一个缺了左边胳膊的女人搭档一块缝制衣服。

小芳现在快五十岁了，最小的孩子也工作了，没什么负担。结婚的事，由他们自己吧，小芳不想掺和太多，他们开心就好。

缘分这种事，说不清楚的，有来得早，也有来得晚，她是过来人。

小芳在那家员工都是残疾人的服装厂公司干活，挣钱不多也不少，但钱来得很体面、很有尊严，够她生活开销，还能存下不少，分出一些寄给老家的爸妈，再分出一些寄给小孟的爸妈。她和小孟的儿子已经结婚成家，生了孩子。那点钱，当是寄给她孙子买糖吃。

小芳再也没找过男人。她一个人过得挺好。偶尔寂寞的时候，就想想小孟和老龚。幽默风趣的小孟，和老实憨厚的老龚。两个深爱过她的男人。她觉得很幸福，很充实。人生能活到这个份上，很知足。

她是个漂亮的独臂的慢慢老去的寡妇。

百岁老人的生离死别

方老太今年 101 岁了，生了七个儿子，陆陆续续都死了。

1945 年的夏天，方老太三十岁的时候，生下第七个孩子。她七个孩子都是男孩儿。这在当时重男轻女的保守年代，被村里人极为看重，都说她命好，说方家香火盛，阳气重，后继有人。甚至有大户人家想出钱借她的肚子生个儿子传宗接代。她当然没答应。

那时候医疗水平不发达，女人生产就如同在鬼门关走了一遭，有好多人难产大出血死掉的，尤其头一胎。有的是母子俱损，一尸两命。有的是孩子生下来了，妈妈没了。难得母子平安，对妈妈的身体伤害也很大，要坐月子休息一阵。方老太生了六个孩子，早已习惯这个过程，轻车熟路，不费什么力气就生下了老七。

当时大热天，方老太挺着大肚子，撑着腰，歪着身子在田里插秧。农村女人勤劳惯了，就算到了生产那天，也在干农活，何况肚子还不到九个月，哪就要那么娇贵，在家卧床休养了？一个不留神，弯腰站起，忽然腹痛得厉害，站都站不稳，两腿发抖。按照以往经验，感觉要生了。站不一会儿，羊水破了，从大腿流下来。赶紧叫男人扶她回家。到家躺床上没多久，水还没烧热，就生了。

大概是早产的缘故，老七身子很瘦小，四肢抱在一起，脸色铁青。生下来也不会哭闹，呼吸微弱，当天晚上就死了。

方老太和她男人结婚十年，生下七个儿子，几乎是刚生下一个又怀上一个，很容易受孕。但自从老七夭折后，方老太的肚子再也没动静了。都说是伤了身子，其实更伤了心。月子里常常哭，前一刻还抱在襁褓里，下一刻就断了气。名字还没取，孩子就没了，哪会不伤心呢？这是方老太第一次失去子女。同是失去亲人，比儿时失去父母双亲更难过。怀胎九月，亲生骨肉，跟割肉一样疼。伤心过度了，伤了身，再也没怀过孩子。

3 年后，1948 年的秋天，老六在他五岁的时候死了，死于癫痫。起初是感染风寒，感冒咳嗽，吃了几天药还是不见好。有天夜里发高烧说胡话，额头滚烫，忽然全身抽搐，口吐白沫，眼珠子泛白，脖子上青筋直冒，吓死人。那时候村里没正规医院，看病得去医生家里。孩子还没送到医生家，路上就断气了。

老六死前本是昏迷不醒的，就吊着一口气。路上忽然回光返照，两眼发亮，瞪得很大，闷着气说了一声："妈，我走了。"然后断气，眼睛还睁着，死不瞑目。

夜班三更，满天繁星，方老太抱着老六在板车上哭，给老六合上眼睛。

七个儿子中，最小的两个没活到成年。按村里的规矩，没成年就早夭，不能用棺材下葬，只能直接葬在屋后的三岔路口。老人们说，夭折的孩子都是带着罪孽的，上辈子没还清，这辈子接着还。葬在三岔路口，踩踏的人多，把怨气和罪孽带走，他们才能转世投胎，下辈子才是无罪的，干净的，不受苦的。

那时候村里还没实行火葬，直接挖个深坑土葬孩子的尸体。方老爷子挖着坑，方老太烧纸钱，和尚念经超度。下葬后，连个墓碑也没有，怪凄凉的，方老太心有不忍，移栽了两棵小水杉树过来，看着它们，就像看着两个早夭的孩子。

幸好其余五个孩子都平安长大，结婚成家。再没有比一家人健健康康、开开心心更幸福的事。

直到二十多年后，1969 年，老三死了，死的时候才 31 岁，很年轻。

老三是村里的剃头匠。村里一共就两个剃头匠，村南的人要剃头都找老三，村北的都找另一个人，各占一半。这在当年是一个颇为吃香的职业，收入很好。人总要剃头，平常男人半个月或一个月剃一次。遇上白事，参加葬礼的人，无论男女老少都要剃头，每七日一次，就是逢烧七的日子，剃落的头发用红绳捆扎起来，烧给死去的先祖。算下来，工钱不少，还有饭菜烟酒招待，日子过得很滋润。

老三爱喝酒。平常没事就叫老婆炒一碟花生米，就着咸鸭蛋喝酒。这等条件在当时算很富裕了。叫人眼馋。就因为他有一门独门手艺，技术活儿，无论春夏秋冬，总有事情干，一年四季都不愁收入。

老三一喝，少说要半瓶白酒。他喝多了也不惹事，倒头就睡，睡到有人来找他剃头了，洗把脸，带上家伙就出门。醉醺醺地在人家头上动刀子，倒也没出过事。

老三是喝酒喝多了，天天半瓶一瓶的，得肝癌死的。他倒不觉得委屈，今朝有酒今朝醉，到阴曹地府接着喝，下辈子再喝。

老三死后，方老爷子很受打击。五个成年的儿子里，他最疼的是老大和老三。老大是头一个，难免偏爱。老三身子最弱，难免多疼爱些。老三爱喝酒，方老爷子也爱喝酒。五个儿子里，老三和老四最爱喝酒。有时候他们爷儿仨就着一盘韭菜炒鸡蛋能有说有笑地喝上一晚上。到最后盘里还剩一块炒鸡蛋，老爷子偏心，夹给老三。老四虽然小两岁，但身体健壮，像头牛似的，不用老爷子操心。

老三死了，他媳妇还年轻，改嫁了。俩孩子还小，女儿六岁，儿子三岁，不好跟着妈妈改嫁，拖油瓶，都由方老太抚养照顾。

五年后，1974 年夏天，老大死了。老大虽然滴酒不沾，但他爱抽烟，整天烟不离手，一天多的时候要抽 3 包，早中晚各一包，饭前饭后都要抽，屋里烟雾缭绕。他舍不得花钱，又戒不了烟，都买最便宜的抽。最后得肺癌死了。死的时候 39 岁，正值壮年，满口黑牙，嘴里满是烟味，一身的烟味。方老太给他洗身子换寿衣，洗了半天，怎么也洗不掉这味道。一边洗，一边哭。六十岁不到的年纪，七个儿子就死了四个，怎么不伤心？

两个最疼爱的儿子接连死了，一个喝酒，一个抽烟，一个肝癌，一个肺癌，方老爷子很受打击，很自责。养不教，父之过。方老爷子怪自己平时没多管管他们，由着他们喝酒抽烟。都说世上最残酷的莫过于白发人送黑发人，老头子还没多少白头发呢，就死了四个儿子，可不是寒心吗。

老大死后半个月，老爷子的头发猛地白了不少。他心有郁结，想不开，那年秋天哭瞎了一只眼睛，大病了一场。从此茶饭不思，整日躺在床上唉声叹气，怎么劝也劝不了。挨到第二年冬天死了。

死前老爷子和方老太说："我去找老大、老三了。老二、老四、老五拜托你照顾了。辛苦你了。"

方老爷子死的时候才61岁，并不算高寿。他和老大、老三葬在屋后农田里。三块墓碑连在一块，老大、老三在老爷子两边。从前屋后的那两棵水杉树，长得很高了，也移栽到老爷子的墓碑两旁。

方老爷子死后，方老太也白了不少头发。她哭，但没有哭瞎眼睛。她难过，但没有大病一场。她硬是撑着，撇干泪水，照顾自己一日三餐，也照顾整个家庭吃穿饱暖。必要时候，会变卖家中一些旧时的首饰，她当年的嫁妆。孩子太多了，家大业大，养家糊口着实不容易，每顿饭吃多少菜、多少米下锅都得算计着。

7年后，1982年的春天，老五死了。死的时候41岁。

老五是意外死的。

农村人农忙的时候就顾着农忙，农闲的时候，会找些别的活儿干，存些钱。那年春天，地里播种完了，暂时没什么活计，老五进城找活儿干，跟着工头拆房子、修建新房。结果被掉下来的一条水泥板砸成一摊肉酱，肢体四分五裂、血肉模糊，下棺材的时候是用红布袋包起来做的一个假人。这是农村的规矩，棺材不能空着。

包工头赔偿了1000元。在当时是不小的数目，但老五换不回来了。老五的媳妇不依不饶，揪住包工头一顿打骂："要这钱有个屁用，你把我男人还回来！还不回来就一命抵一命！你别溜，我到镇上告你去！"方老太抹着眼泪收下这笔钱，一直存着，几年后，全数用在老四儿子的婚宴上。

1990年，老四在他五十岁生日那天死了。

过生日，高兴，把亲戚朋友都喊过来，大摆筵席。老四本就爱喝酒，这时候能少喝？跟老三一样，喝多了倒头就睡。下午老婆喊他去接孙子放学。不是他自己的孙子，是老大的孙子。老大肺癌死了后，媳妇改嫁，儿子就跟着老四抚养。老四跟老大感情最好。老大的儿子跟老四的两个儿子很玩得来，年纪也大不了几岁，多个人多碗饭，不算什么。上学的钱，一半拿的老大生前的积蓄，一半是老四出。后来老大的儿子结婚，也是老四帮忙操办。说是四叔、四婶，但老大的儿子说，将来就当亲爹、亲妈养。

那天下午，老四身上的酒劲还在，酒气熏天，骑着脚踏车去村里小学接老大的孙子，一路哼着歌，摇头晃脑。就二十分钟的路程，来来往往无数遍的一条路，居然出了事。回来的路上，昏了头，十字路口拐弯的时候，车龙头没抓稳，跌在对过拖拉机底下，给压碎了脑袋，脑浆溅了一地。

老四在摔倒时，脑子忽然清醒，使出浑身的力气，脚一蹬，把脚踏车踢远了，老大的孙子给踢到路边的麦田沟里，只扭伤了胳膊，没大碍。

老大的儿子哭着说："四叔是为了接孩子才没的。"

老四的老婆倒是通情达理，哭着说："不怨你，也不怨孩子，只怨他自己不知轻重，喝那么多酒还去接孩子，幸好孩子没事。我说我去接，他偏不要。老三喝酒丢了性命，我劝他早些戒了，他不听。现在好了，丢下家里老的老，小的小，以后日子怎么过？好好的一个生日大寿成了忌日。"

方老太只轻轻叹了口气，默默地给碾碎脑袋的老四擦洗身子，换寿衣。

然而，农村妇女总是格外坚强的，就像田地里的杂草，野火烧不尽，春风吹又生。多大的苦楚，当时再悲痛的，日后总能挨过去，只在回忆时候要抹点眼泪，不免伤痛。

2015 年，方老太过一百岁大寿。长寿自然开心，只是眼看着老头子和儿子们一一离开自己，生离死别，伤心难过。7 个儿子只剩下一个老二在身边，孙子孙女很多，曾孙辈的更多，连玄孙也有四个了，最小的刚满月，抱在怀里咿咿呀呀叫，很可爱。五世同堂，逢年过节，合家一块吃饭就要坐满 3 桌。这次百岁大寿，镇上的干部特意来道贺，说是市里的人瑞、祥瑞。

政府出钱给摆寿宴、放焰火，整整坐了三十桌人，邻村的都来喝酒看热闹，来偷碗。这是农村的习俗。老人家八十岁以上的大寿，来吃饭的，吃完都会把碗带走，象征性地在座位上留下三五块钱，算是偷点长寿的福气。

方老太百岁大寿过了不到半年，2016年年初的时候，老二死了。

春节前几天，天冷，下大雪，地上结了冰。老二也八十岁了，满头白发，出门时候没站稳，踩在冰上，脚一滑，跌坐在地上，爬不起来，叫唤人。儿子把他背回家，打电话找医生。医生来诊治，发现伤了好几处骨头。年轻人伤了骨头，不过休养一阵子就能恢复，年纪大了，骨质疏松，再休养也不管用，很难恢复。从此便躺在床上要人照顾，一天一天虚弱下去。

老二走的那天晚上，方老太在床前喂他喝米糊。

老二说："妈，你去睡吧，不早了，让我女人来照顾我就好。"

方老太说："一家人都要她照顾，忙了一天了，让她歇歇。我没什么事，岁数大了，这会儿也睡不着，陪陪你也好。"

老二说想睡会儿，方老太看他眼里的光一点一点暗下去，像快熄掉的蜡烛，怕他一睡就醒不来，每隔几分钟就叫他一声，把他叫醒。

到了半夜，老二迷迷糊糊的，跟方老太说："妈，我刚才看见老大、老三他们了，就在门口，来接我上路。我刚跟他们走出去没多远，听见你喊我，我又折回来。回来了会儿，又看见老大他们来接我，我又上路，半路上又听见你喊我。妈，你一喊我，我就舍不得你，要回来看看你。但我这副身子骨太沉了，太累了，太疼了，受不住了。来来回回，我吃不消。等会儿老大他们再来接我，你别喊我了，你让我走吧。有老大、老三他们带路，我不怕。我去找爸爸了。妈，老二不能陪你了，儿不孝，先走一步，你好好照顾自己。妈，这些年辛苦你了。"

人人都以为长寿是好事，其实未必。除了要经历更多至亲之人的生离死别，痛彻心扉，身体状况也会越来越糟。器官衰败，机能退化，眼花耳聋，脑子不中用，什么都记不住，体力不支，什么都干不了，行走不便，大小便不能自理，呼吸困难，全身疼痛，生不如死。拖下去也没意义，反正时候也到了，不如一死了之。

看老二如此哀求，方老太心软，答应了，没再喊老二，就安安静静地看着他。过了十多分钟，老二果然断气，胸口的被子再没有起伏。方老太喊了他好几声，没人答应，趴在床头拉着老二渐渐冷掉的手，颤颤巍巍的，眼泪直流。

她哭的不光是老二，还有其他六个儿子。

方老太和方老爷子不同。方老爷子偏爱老大和老三，但在方老太眼里，个个儿子都一样疼。只是老七刚生下来就没了，好像没来过，印象太模糊，想他最少。想得最多的是老六，五岁就走了，还没长大。在方老太心里，这么多年过去了，老六还是个没长大的孩子。路边看到小孩子就会情不自禁地想到他。要是老六还活着，也七十多岁了。

后来每次儿子过世，方老太都特别难过，心如刀割。眼泪流了一次又一次，每次都要流，流不干似的。老二陪她最长久，感情最重。尤其近几年，老二年纪也大了，身体不好，干不了农活，娘儿俩常常坐门口说话，把从前几十年的事翻出来一件一件捋，说着说着就笑了，说着说着就哭了。现在老二也走了，她一个儿子也没了，连个说话的人都没。当年方老太一个一个生下他们，现在他们一个一个赶在她前头走了。当妈的给儿子送过七回终，谁能想到？

老二葬礼后，方老太看着屋后老爷子和五个儿子的坟墓连在一块，两棵水杉树种在一旁，心里特别难受。

虽然还有几个没改嫁的儿媳妇陪着，但她们也老了，自顾不暇，要人照顾。孙子孙媳妇们都年轻力壮，也很孝顺，但方老太坚持一个人住小屋。四十多年前，方老爷子在世时候盖的砖头瓦房。过了这么多年，破破烂烂，刮风透风，下雨漏雨，让孙子们修过好几回。

她一日三餐、洗衣做饭都自己来，但求不麻烦别人。虽然101岁了，满头白发，身子佝偻，裹小脚，但身体硬朗，耳聪目明，什么活儿都能干。门口还有块小菜地，种些应季蔬菜。

有时候孙子家来了亲戚朋友，喊她过去一道吃饭，她也不推辞。平日里，她不愿麻烦人。自己煮一锅粥，切几片菜叶子扔进去，煮得稀稀的，炖得烂烂的，就着早春腌制的一罐咸菜，可以吃一整天。他们年轻人要忙这忙那，吃饭有早有晚，自己住，想什么时候吃，就什么时候吃。他们牙口好，饭菜做得很硬很干，她年纪大了，牙齿没几个，什么都得炖得烂烂了，除了豆腐，没几样能吃动，自己煮了自己吃，方便，自在。

孙媳妇不好意思，说："奶，人家不晓得的还当我们虐待老人呢。"

方老太说："我要是哪天身体不好了，自然要你们服侍照顾。我现在身体好得很，能自己来就自己来，不麻烦你们，你们忙你们的，放心吧。"

正因为老太太不爱麻烦人，媳妇们反而都很顺从她的话，隔三岔五地就给她送点吃食过去。买衣服鞋子了，也顺带给老太太买一件。

方老太有件破旧衣服，打了很多补丁，一直舍不得扔，当成宝贝。方老太没告诉媳妇们，上面那些补丁都是有来处的，怕他们忌讳。

红色的那块，是从老七的襁褓上剪下来的；灰色的那块，是从老六死的那天夜里穿的衣服上剪下来的；藏青色的那块，是从老三死的那天穿的衣服上剪下来的；黄色的那块，是从老大死的那天穿的衣服上剪下来的；黑色的那块，是从老头子死的那天穿的衣服剪下来的……

老二走的时候，方老太眼神不好，不能穿针引线，叫老三的儿媳妇帮忙把老二身上剪下来的那块布给缝上。老三的儿媳妇不知情，说："奶，这衣服都破成这样了，你还补它干什么？扔了算了。叫人瞧见，不要笑死？回头我给你买件新衣服。"

方老太摇头，说这衣服还能穿，不要紧。新衣服买了也舍不得穿，别浪费。

虽然老头子和七个儿子都不在了，但穿着这件衣服，摸着上面一块一块的补丁，平的或皱的，方的或圆的，方老太觉得心里舒坦、踏实，就像他们还在身边似的。

她 101 岁了，活够了，什么都见识过，什么都不怕。继续活下去，她很开心，可以陪曾孙、玄孙玩乐，老有所依。还有对老伴、儿子们的念想，不会孤单。就算哪天断气了，也是开开心心上路。

方老太知道，老头子和儿子们都在等她团聚。她在梦里见过他们好多回，等九泉之下再碰面。屋后的坟地，老爷子墓碑旁的那处空地，被 5 个儿子的墓碑围着，两棵水杉树之间，是她将来棺材要下葬的位置。她和老头子，活着的时候盖一床被，死了，也是睡一个坟墓。

后记：这本书是我写长篇的过渡

我叫徐沪生，这是我的真名，不是笔名。之前用过笔名，现在不用了。你可以叫我沪生，不是泸生。这边强调一下，因为很多人在公众号留言时打错字。

这是我的第四本书。第一本短篇故事集。

第一本书是2015年元旦时候出的，内容是我大学时候写的一些随笔散文，很多关于大学生活的话题，学业、情感、家庭关系、职业规划、人生梦想等等。不少大学生读者喜欢，销量还行。

于是同年9月份，另一家出版社的编辑找我出了第二本书，内容相似，生活散文，但多了些读书笔记。那时候我开始大量阅读，不断学习。

第三本书《总有些路要独自行走》是2016年5月上市的，除了类似的生活感悟和读书笔记，多了些日记，关于我爸临终时候的记录。那时候我爸刚去世，我想为他写点什么，好歹让他在这世上留下一点证据。当时个人情绪性很重，书里夹杂了很多我的私人情感、个人成长记录，销量只是一般。

第三本书上市后，关于我将来的写作之路，我想了很久。不想再写生活散文。我太年轻，26岁，人生经历总共就那么多，读的书就那么多，懂的道理就那么多，写来写去都是老一套东西，再写的话，不免重复，让读者腻烦厌倦，对我自己成长也不好，彼此都是不负责任。

后来我很少跟别人推荐我前两本书，因为我发现，我第三本书里写的东西，不少在前两本书里也提过。于是对刚关注我的读者们说：你们看我新书就好。尤其那些问我为什么辞职写作的，我更是直接点明：新书里第四篇文章详细写了，有兴趣可以看看。

我对自己的规划，还是想往文学之路发展。我很爱看茅盾文学奖小说，希望将来自己也能写出那样的长篇。但之前编辑都不赞同我写长篇小说，说现在长篇的市场不好，建议我继续写散文，保持原样。我就很矛盾。

直到后来遇到现在的编辑，很支持我尝试写长篇小说，提到影视改编权，说长篇写得好也是很有市场的，鼓励我出长篇小说。

然而，我毕竟不是科班出身，我一个程序员，写生活散文很容易，想写长篇小说，需要练习。尝试过几次，都失败了。写了几万字然后写不下去，很吃力。长篇的故事框架太大，人物关系错综复杂，时间跨度大，我没办法很好驾驭。最关键的是，我还年轻，水平不足，经历太少，写的东西深度不够。于是编辑又建议我，可以从短篇故事开始。

刚好那段日子我新书上市，不少读者联系我。我在书里写了我爸过世的事，他们也同我分享了人生当中一些不堪回首的往事。有说自己的，有说身边人的。我觉得他们的故事都很精彩，跌宕起伏，非常真实，非常曲折。在征得他们的同意后，我把故事写下来，发在公众号上。不少读者说很喜欢看这类人生故事，比之前的生活感悟好看多了。很多人说，第一次看我写第三人称的故事，从自己的小圈子里走出来了，有了不同视角，很有趣。

是的，从前的三本书，我都在自说自话，讲自己的生活，讲别人的很少。就算偶尔提到别人了，也都是配角，以我自己为主。可是，身为作家，总要学会淡化自己、隐退自己，突出作品里的人物。不要让读者讨论我，而要让读者讨论我的作品、我创作的故事、我故事里的人物，这才是成功的作家。

所以我觉得写其他人的生活故事，对我是一次很好的尝试。我听他们讲故事，当场做记录，回来重新组织语言，编写故事。写了二三十篇，然后挑了比较有人生意义的、相对曲折的十三篇汇总交给编辑，分别关于：癌症、暗恋、逼婚、流产、丧偶、残疾、追梦、忘年恋、婆媳纠纷、英年早逝、家破人亡、精神分裂、白发人送黑发人。很接地气，很真实。也算是反映了不少人性吧，至少我尝试挖掘了。

我喜欢尝试不同风格的作品。不想一辈子固定一个类型。我最喜欢听到别人跟我说：徐沪生，你变了！也许有人听到“你变了”会很伤感，但我会异常高兴。因为我觉得，只有原地踏步、裹足不前的人，才会一成不变。所以变化是好事，是成长。穷则变、变则通、通则久。

我比较宅，也比较沉得住气，辞职写作后，每天早睡早起，戒掉社交网站，关闭朋友圈，不看新闻，不关注明星八卦，除了偶尔回复公众号的留言，每天一心一意读书、写作，偶尔看些文艺电影，努力往文学之路发展。

现在搬回东川路，学校附近，每天都来学校图书馆写作。这本短篇故事集交稿后，我开始写长篇小说，在公众号上连载，目前读者反应还不错，有兴趣的可以关注我的公众号看看。不出意外的话，这会是我下一本书的内容，以后就只出长篇小说了。慢慢来吧，争取一次比一次写得更好。

祝我成功吧。这是我的文学梦。

2016 年 12 月

写于上海交通大学包玉刚图书馆一楼

图书在版编目(CIP)数据

不是所有故事都能皆大欢喜/徐沪生著.—上海：上海社会科学院出版社，2016

ISBN 978-7-5520-1642-0

Ⅰ.①不… Ⅱ.①徐… Ⅲ.①短篇小说-小说集-中国-当代 Ⅳ.①I247.7

中国版本图书馆 CIP 数据核字(2016)第 279934 号

不是所有故事都能皆大欢喜

著　　者：徐沪生
责任编辑：冯亚男　王晨曦
封面设计：周清华
出版发行：上海社会科学院出版社
上海顺昌路 622 号　邮编 200025
电话总机 021-63315900　销售热线 021-53063735
http://www.sassp.org.cn　E-mail：sassp@sass.org.cn
照　　排：南京理工出版信息技术有限公司
印　　刷：上海天地海设计印刷有限公司
开　　本：890×1240 毫米　1/32 开
印　　张：7.75
插　　页：7
字　　数：139 千字
版　　次：2017 年 2 月第 1 版　2017 年 2 月第 1 次印刷

ISBN 978-7-5520-1642-0/I·219　定价：36.80 元